公主の嫁入り2
～娶られた雪は愛し子を慈しむ～

マチバリ　Matibari

ALPHAPOLIS

アルファポリス文庫

https://www.alphapolis.co.jp/

序章

今でも瞼《まぶた》に焼き付いているのは、真っ暗で狭《せま》い箱の中。
箱から絶対に出ないよう、膝《ひざ》を抱き、目を閉じ、身体を丸め、息をひそめていた。
そうしていなければ、この命すら消えてしまうから。
泣いても叫んでも喚《わめ》いても、誰も助けてはくれないと。
必要のない存在だと、生まれてこなければよかったのだと言われた。
どこにも居場所なんてないし、誰も手をさしのべてはくれない。
愛してくれる人などこの世にはいない。
そう教えられた。
でも。
もしも誰かが手を取ってくれる日が来たら。
それはきっと、夢のように幸せなことだろう。

一章　平穏な日々

「今日もいい天気ね」

肌を焼くような夏の日差しを手のひらで遮《さえぎ》りながら、雪花《セツカ》は目を細めた。

夏の初めに仕立てた明るい水色の衣は風を通す生地なので、日陰にいれば心地いいが、日差しの下を歩いているとうっすら汗をかいてしまう。

長く伸ばした髪は邪魔にならぬように軽くひとつにまとめているが、後《おく》れ毛が肌に貼りつくのはどうにもならない。

(今日の夜には桂花茶《けいかちゃ》を出そうかしら)

昨年摘《つ》んで乾燥させておいたものがあったはずだ。

あの香りを楽しめば、寝苦しい夜も少しはましになるかもしれない。

そんなことを考えながら、雪花は歩き慣れた庭をのんびり進む。

雪花が兄である普剣《フケン》帝の命により焔《ヤン》家に降嫁《こうか》して、早いもので一年と半分が過ぎていた。

その嫁入りは、雪花を後宮の外に逃がすための仮初めのものだった。

夫となった蓮《レン》はあくまでも保護者として雪花に接していたし、雪花も蓮を兄と思おうとした。

だが、いつしか雪花は蓮に惹《ひ》かれ、恋い慕《した》うようになっていた。

そして蓮もまた、雪花を愛しく想ってくれた。

想いが通じ、ふたりが正式な夫婦となったのは昨年の冬のこと。

今では、この焔家が雪花の居場所となっている。

焔家に集められた資料や道具が収められた龍厘堂《りゅうりんどう》。その前に立つと、半開きになった扉の中からわいわいと活気のよい声が聞こえてきた。

「おはようみんな」

大きく扉を開いて声をかけると、いくつもの目が雪花に向いた。

そこにいるのは子どもだったり老人だったり、あるいは笛に手足が生えた者や、大きな猫の姿をした者たち。

彼らは、この龍厘堂にある数多《あまた》の道具に宿った精霊が実体化したり、人へと姿を変えた存在だ。

「雪花！」

満面の笑みを浮かべながら駆け寄ってくる少女は、自分の身体よりも大きな火鉢《ひばち》を抱きかかえていた。

「小鈴《ショウリン》、おはよう。走ると危ないわよ」

「平気だよ。こんなの軽い軽い」

小鈴は可愛らしく笑いながら、火鉢《ひばち》をひょいっと持ち上げて見せる。

彼女は一見すると少女だが、その正体は真鍮《しんちゅう》の鈴だ。蓮の母がこの焔家に嫁ぐときに持ってきた飾りのひとつで、この焔家を守護する龍の力によって、人の姿に転じている。

「片づけは順調？」

「うん。だいぶ進んだよ。必要な道具もいっぱい見つかった」

「助かるわ」

小鈴の頭を撫《な》でながら龍厘堂の中に入る。床の上にはたくさんの箱や書物が並べられていた。

それらにぶつからないようにゆっくり歩みを進めると、精霊たちの中央で小鈴と同じ年ごろの少年が腕組みをして、周りの精霊たちに指示を飛ばしている姿が目に入る。

「ああ、雪花か」

「おはよう、琥珀《コハク》。すごい状態ね」

「まあな。皆、張り切っているぞ」

「琥珀もね」

「うるさいぞ、小鈴」

この琥珀もまた見た目は少年だが、その正体は月琴《げっきん》の精霊である。

二百年ほど前の名工が作った一品で、本当に美しい音色を奏でてくれる。この龍厘堂に納められた道具の中でも古参ということもあり、道具たちからの信頼も厚く、とても慕《した》われている頼もしい存在だ。

「清彩節《せいさいせつ》をきちんと祝うのは、久しぶりだと言っていたものね」

「そうだな……略式的なものは毎年やっていたが、正式なものとなると十年ぶりくらいか」

「十年も」

過去を懐《なつ》かしむような琥珀を見つめながら、雪花は己の胸を押さえた。

「では、なおのこと今年の清彩節は成功させなくてはいけませんね」

「ああ」

「小鈴も手伝うよ」

涼やかな音を鳴らしながら駆け寄ってきた小鈴が、自分もと言わんばかりの笑顔を浮かべる。

ほかの精霊たちも口々に声を上げ、張り切りを伝えてきた。

その温かな光景に、雪花は頬《ほお》をゆるめる。

「ずいぶん張り切っていますね」

「蓮」

蓮が雪花の後ろから顔を覗かせるようにして現れた。

いつの季節も変わらぬ墨色の衣に身を包み、長く艶《つや》やかな黒髪を高い位置で結んだ蓮は、汗ひとつかいていない。

どんなときだって涼しげで凛々《りり》しい夫の顔を間近で見てしまい、雪花はぽっと頬《ほお》を赤く染める。

「いつ来たのですか」

「つい先ほど」

悪戯《いたずら》っぽい笑みを浮かべながら、蓮は雪花の肩を掴み、優しく引き寄せてくる。

「愛しい妻が張り切って清彩節の準備をしてくれているのですから、俺も手伝わなければと思って」

「ふふ。ありがとうございます」

たくましい胸板にもたれるようにして身体を預け、雪花は素直に感謝の言葉を告げた。

優しくて温かくて、幸せな場所。

後宮にいたときからは考えられないほどに、満たされた日々。

「しかし、案外手間がかかるものなのですね」

「阿呆。毎年やっていればそこまでではない。これまで略式で済ませていたせいで、大事な道具が奥へ追いやられているから手間がかかるのだ」

どこか怒ったような琥珀の声に、蓮が苦笑いを浮かべる。

「手厳しいな」

「清彩節の祈祷《きとう》は心をこめて取り組むように」

清彩節とは、先祖の霊を祀《まつ》る大切な行事だ。

三年に一度、秋の入りにはどんな小さな家でも先祖の祭壇を飾り、特別な食事を供え、家族と宴を開くのが習わしだった。

清彩節の期間は、この世と冥府の境目が曖昧《あいまい》になるらしい。

精霊たちの力も強まる期間であることから、彼らにとっても大切で意味のある行事だという。

今年の清彩節まであと二ヶ月ほどしかない。

本来ならば何ヶ月もかけて準備をするものなのだから、ここ数日は毎日とても忙しい。

嫁入りしてはじめてのことだし、これまで蓮がひとりだったころ同様に略式的なものでよいと言われていたのだが、焔家の正式な嫁になった以上、きちんとした手順で取り組みたいと雪花は訴《うった》えたのだ。

最初は渋っていた連も、雪花の熱意に折れ、清彩節の準備をしようとうなずいてくれたのだった。

「すみません、なんだか大事になってしまって」

「気にしないでくれ。道具たちの整理をしようとも考えていたし、いい機会だったんだ」

蓮はどこか懐《なつ》かしそうに目を細め、龍厘堂の中を見回した。数々の道具や精霊たちがせっせと動きまわる姿からは活気が感じられる。

「あなたが嫁いでくるまでの間、ここは時が止まっていた」

「蓮さま」

「だが、今は皆の時間が動き出したようだ。ありがとう、雪花。すべてあなたのおかげだ」

「そんな……」

自分はただ、蓮という存在を生み出してくれた先祖たちに感謝したいだけだ。

蓮に出会えたからこそ、雪花は自分を得られたのだから。

「夫婦で見つめ合うのはそれくらいにしてくれ。早く片づけねば日が暮れるぞ」

見つめ合うふたりに、琥珀が呆れた様子で声をかけてきた。

気恥ずかしくなってさっと視線を逸らすと、隣にいた小鈴がにこにこと嬉しそうに笑っている。

「雪花、幸せそう」

「……ええ、幸せよ」

噛みしめるように呟くと、隣にいる蓮の体温が少し上がった気がした。

蓮も手伝って道具の片づけを進めたが、清彩節の準備に必要な道具のいくつかがどうしても見つからない。

かつてはあったと言うから、代替わりの騒動でなくなったか、それともここではない場所にしまわれているのか。

「琥珀たちにもわからないのですか？　そうだ、古い道具なら声を聞けるのでは？」

「神事に使う道具というのは、少し特別なんだ。特に我が家では、意図的に空っぽの状態を維持するように作られた品を使っている。だから、琥珀たちのように意志を持つことはない」

受け皿として作られる道具は、どんなに使いこんでも魂を保てぬような術をかけながら作るのだという。

同じ道具なのに不思議だと雪花が首を傾《かし》げるが、琥珀たちはなんの違和感も抱いていないようだった。人と精霊では考え方が違うのだろう。

「どうしましょうか」

「新しく揃《そろ》えてもいいが、今から手に入るかどうか。それに、中途半端な品では精霊化してしまうかもしれない」

「ああ……」

並の道具では、すぐに自我を持ってしまうのがこの家だ。

かつてこの土地を荒らした龍神の血を引く一族、焔家。彼らが生きてきたこの土地そのものが、龍神の加護を受けている。

「とにかく今日はここまでにしよう。小鈴は見つかった道具を霊廟《れいびょう》に運んでおいてくれ」

「はーい」

元気よく返事をした小鈴が、ひょいひょいと道具を抱え軽快に走り出す。見た目は幼女なのに、自分よりも大きな道具を軽々運んでいくさまというのは何度も見ても驚きだ。

「俺たちは残りの品を片づけてしまおう」

「はい」

広げた道具たちを、手分けしながら片づけていく。長くしまわれたままだった道具たちも多く、言葉を発するものたちは久しぶりに人間を相手にできるからと興奮した様子で必死に喋りかけてくる。

その様子があまりに愛しくて、雪花はついつい返事をしてしまい、琥珀に無駄話をするなと叱られることになったのだった。

ようやくほとんどの道具を片づけ終わったところで、窓の外に目を向けた蓮が「あ」と珍しく声を上げた。

「しまった」

「どうしました？」

「仕事があったのを思い出した。もう出なければ」

雪花との生活のため、蓮はこれまで控えていた道士としての仕事を増やすようになっていた。簡単な加持祈祷《かじきとう》や、呪いの解呪、精霊の仕業と思われる道具の回収など、いろいろな仕事を受けるようになったのだ。

「まあ。間に合いますか？」

「そう遠くではないから大丈夫だ。夕食までには戻るので待っていてくれ」

「わかりました」

慌ただしく龍厘堂を出ていく蓮を見送りながら、雪花はふうとため息を零《こぼ》す。

最近、こんな風に蓮が仕事のために出かけることが増えた。彼が積極的に他者と関わるようになったのは嬉しいが、家に残される雪花としては少し切ないものがある。

すでに蓮の背中が消えた入口をじっと見つめていると、琥珀が喉を鳴らして笑うのが聞こえた。

「まるで捨てられた仔猫のようだな」

「琥珀？」

意地悪な言葉に拗《す》ねた気持ちで唇を尖らせると、琥珀はますます楽しそうに笑う。

「よい顔ができるようになった。その顔を蓮に見せてやれ。仕事など放り出して帰ってくるに違いないぞ」

「蓮はそのような無責任なことはしません」

「まあそうだろうな。雪花、あやつも必死なのだ。お前にふさわしい男であろうとな」

ふさわしいもなにも、蓮のように素晴らしい男性はこの世にふたりといないのに。むしろ雪花のほうが蓮になにも与えられていないのではないかと、今でも不安になるくらいだ。

「思ったことは素直に口にしたほうがいい。人の生は短いのだからな」

気持ちを読んだような琥珀の言葉に、雪花は大きく目を開く。

「蓮と蓮の父も、本心で語らうことなく死に別れた。些細《ささい》なすれ違いが永遠の決別を生むのだ。年寄りの言葉は聞いておけ」

「その見た目で言われても困るわ」

「確かにな」

ははと笑う琥珀は、見た目はあどけない少年そのものだった。

雪花はほとんど片づいた龍厘堂の中を見回す。あとは簡単な掃除をすれば大丈夫だろうと思っていると、壁に備え付けられた階段が目に入った。

そういえばこの上にはまだ部屋があり、いわくつきの道具がしまわれていると聞かされたことがある。

「見つからない道具は上階にあるのではないですか？」

「上にか？　ふむ……ありえなくはないか。ここに置ききれなかった道具をいくつか持って上がっていった記憶がある」

上の階にはいくつかの部屋があり、いわくつきの品を封じているのとは別に、古い道具や壊れた道具を置いてある部屋もあるのだという。

「今日、蓮が戻ってきたらそこを探してみるように相談してみます」

「それがいい。上には厄介な連中が多いからな。お前は行かぬほうがいい」

天井を睨《にら》みつける琥珀の表情はとても険しい。純粋な怒りや悲しみとは違う、複雑な感情が幼い横顔に滲《にじ》んでいた。

それは小鈴やほかの精霊たちに向ける表情とはまるで違うもので、雪花は思わず問いかけた。

「……どんな道具がしまわれているのですか？」

声に出してすぐにしまったと口を押さえるが、琥珀は特に気を悪くした様子はない。

ううんと悩ましげな声を上げて腕組みをすると、困ったように眉を下げた。

「憐《あわ》れな連中ばかりだな。本来ならば我らのように存在できたはずなのに、人を憎んだがゆえに歪《ゆが》んでしまった。粗末《そまつ》に扱われたり、持ち主の負の心をすべて吸い尽くして生まれたりなど、経緯はそれぞれに異なるが……悲しいことだ」

絞り出すような琥珀の声に、雪花は目を伏せる。

（負の心）

注がれたのが愛でなかったがゆえに、歪《ゆが》んでしまった道具たち。

（もし、ひとつ間違えば私も……）

焔家に嫁ぐことなく、あのまま後宮で暮らし続けていたら、雪花の悲しみが歪《ゆが》んだ道具を生み出していたかもしれない。そんな想像が心をよぎる。

「どうにかして癒《い》やしてはやれないのですか」

「難しいだろうな。連中のほとんどは、生まれが歪《ゆが》んでいる」

切なげに首を振る琥珀に、雪花が目を伏せる。

そのときだった。

「――またくだらぬ話をしておるな」

突然、聞いたことのない声が広間に響き渡る。

「え？」

「水鏡《みずかがみ》！」

鋭い声を上げた琥珀が、さっと雪花を庇《かば》うように両手を広げる。

（水鏡？　どこかで……）

聞き覚えのある名前に雪花は瞬きながら琥珀の先に目を向けた。

すると、階段の上から人の形をしたなにかがするすると下りてくるのが見えた。

「お前、また勝手に出てきたな」

「妾《わらわ》は自由な水鏡だからな。封印など無意味よ」

からからと笑い声を上げるそれは、雪花とそう年ごろの変わらぬ娘くらいの大きさをしていた。しかしその身体のすべては水でできており、ゆらゆらと揺れながら向こう側を透けて見せている。

「すぐに戻れ。さもなくばお前の本体を叩き割るぞ」

「おお怖い。そう邪険にするな。妾《わらわ》は小僧の伴侶を見に来ただけじゃ」

再び身体を揺らしながら笑ったそれが、真っ直ぐに雪花を見つめた。正確には、見つめているように見える。水でできた顔に明確な目はなく、目があるであろう場所がわずかにくぼんでいるだけで、その視線がどこに向けられているのか計り知れない。

「ふうむ。なるほどなるほど。ずいぶんと稀有《けう》な運命を背負った娘じゃなぁ」

声音は美しいのに、ひどく不愉快な口調だった。

「あの、あなたは……」

「ん？　妾《わらわ》か？　妾《わらわ》は水鏡。憐《あわ》れな呪師が作った未来視の鏡じゃ」

「未来視……？　あ」

ようやく思い出したのは、かつて小鈴から聞かされた話。

——水鏡は未来を読む道具なの。

——時々出てきてね、嫌な予言をしていくの。

かつて蓮と雪花に危険が迫っていると予言した道具ではないだろうか。

そしてその予言を聞いた直後、呪われた刀が届き、大変な騒動が起きたのだ。

うなじの毛がぞわりと逆立つのを感じた。

「妾《わらわ》のことを知っているのかえ？　なんじゃつまらぬ……おや？」

水鏡が語尾を上げ、どこか嬉しそうに身体をくねらせる。

「ほうほう、なんとまぁ……」

ずいずいとこちらに近づいてくる水鏡に、雪花は思わず後ろに下がる。

「やめよ！　雪花になにかすれば、蓮に本当に壊されるぞ」

「妾《わらわ》はなにもせぬ。ただ告げるだけじゃ」

人であれば息がかかるほどに顔を近づけてきた水鏡に、雪花はヒッと息を呑んだ。

「そう遠くない未来、おぬしは大きな選択をする日が来る」

「せん、たく……？」

「ああ。どちらを選んでもそなたはなにかを失うだろう。よく考えることだ」

なんのことかと雪花が身を乗り出すと、今度は水鏡が後ろにすっと下がる。

「これはおもしろいものを見た。無理をして出てきた甲斐があったわ」

「あの、どういう意味ですか？」

「さぁ？　妾《わらわ》は見えたものを告げるだけじゃ。おぬしの選択を楽しみにしておるぞ」

再びからからと笑い声を上げた水鏡は満足げに身体を揺らすと、現れたときと同じように階段をあっという間に上っていってしまった。

残された雪花は、呆然と立ち尽くす。

「あやつめ……好き勝手言いよって」

腹立たしげに唸《うな》った琥珀が、その場で地団駄《じだんだ》を踏む。

「雪花よ。あれは性根のねじ曲がった道具だ。本体が水であるがゆえに、封印ではどうにも封じきれずあのように時々半端な姿を現す」

「……前にも小鈴から話を聞いたことがあります。そのときも、よくないことが起こると……」

　そのときのことを思い出し、雪花は身震いする。

「あれは優秀な道具だったが、呪いに使い続けられたことで性根が曲がってしまった。善《よ》きことは口にせず、苦難ばかりを見せるようになってな……数代前の当主が引き取ったのだ」

　具体的に人に害をなすわけではないため壊すまでには至らぬが、たちの悪さを考えて本体は封じているのだという。

　元は良い道具だったのに、という憐憫《れんびん》の混ざった声に、雪花は胸を押さえた。人の行いによって歪《ゆが》んでしまった道具。その道具が告げた未来。

　不安からじわじわと身体の熱が奪われていく。

「……どんな選択を迫られるのでしょうか」

「あの状態で視《み》る未来は正確なものではない。だが、我らは嘘はつけぬ。あやつは雪花に降りかかるなんらかの苦難を視《み》たのだろう」

　精霊は嘘をつけない。嘘とは人だけが使うものだと琥珀は以前にも教えてくれた。ならば水鏡の言葉はいずれくる事実なのだろう。

「幸いなのは、あやつの予言は試練の知らせということだ。あやつはもともと、乗り越えることが可能な試練を告げる鏡だった」

「乗り越えられる、試練……」

「ああ。その証拠に、お前たちは救われたであろう」

あの騒動で雪花たちは強く結びつき、心を通わせることができた。

「なんにせよ、覚悟はしておくことだ。蓮にも相談しておけ」

「……はい」

ぬぐいきれぬ不安を抱えたまま、雪花はしっかりとうなずいた。

そして夕方。

約束通り夕食前に帰ってきた蓮に、雪花はすぐに水鏡のことを相談した。

上階から勝手に姿を現した水鏡の予言に、蓮の顔がわかりやすく強張《こわば》る。

「そうか……」

暗い表情でなにごとかを考えこむ蓮に、雪花は身体を寄せる。

「怖いです。また、もしあのようなことがあれば」

雪花を苦しめた麗貴妃《レイきひ》と瑠親王《ルしんのう》はもういない。だが、あの虐げられた日々は雪花の心と身体にいまだに深い傷を残している。もし同じようなことがあればという嫌な想像ばかりが思い浮かんでしまう。

「安心してください。雪花は俺が守ります」

優しい声と腕が雪花を包みこんだ。

「それに、今は陛下も強い味方です。あなたのためならどんな障害とて振り払ってくれるでしょう」

陛下、という言葉に知らず頰《ほお》がゆるむ。

雪花に降嫁《こうか》を命じた普剣帝は、雪花にとっては兄であり、父だ。

親子の名乗りを上げることは叶わないが、心はいつもそばにあると約束してもらったことは、雪花の誇りだ。

「陛下は過保護ですからね。いつもあなたを案じている」

正体を明かしたことで箍《たが》が外れたのか、これまでは控えめだった手紙や贈り物の頻度は一気に増えたし、お忍びで会いに来てくれることもある。大切に思ってくれているのだろう。

いつか蓮の妻としてきちんと挨拶に行きたい。元気でやっているからと安心させてあげたい。

そう願ってはいるが、雪花はまだあの後宮に足を向ける勇気が持てないでいた。

もしかしたら選択とは、そのことに関わるのだろうか。

漠然とした疑問や不安に黙りこんでいると、蓮の大きな手が背中をさすってくれる。

「大丈夫。きっと雪花ならば間違えません」

優しい言葉に、不安でいっぱいだった心が軽くなる。

蓮が信じてくれている。

そばにいてくれる。

その事実が、雪花はなにより嬉しかった。

＊＊＊

翌日も雪花は朝から清彩節の準備でずっと動きまわっていた。

足りなかった道具は、龍厘堂の上階で無事に見つかり、あとは供え物の飾りや食材の準備だけだ。

注文は済ませているので、午後には届くだろう。

（蓮にお茶でも届けようかしら）

持ち帰った仕事があると、蓮は朝からずっと仕事場にしているお堂にこもりきりだ。

気分転換にお茶とお菓子を作ってあげようなどと考えていると、門の精霊が呼び鈴を震わせたのが耳に届く。

（もう？）

約束の刻限よりずいぶん早い。しかし来たのなら受け取らなければと雪花が門へ急ぐと、小鈴が現れ一緒になってついてくる。

「雪花ひとりじゃ運べないでしょう。手伝うよ」

「ありがとう」

可愛い小鈴に微笑み返しながら正門に向かうと、すでに門は大きく開かれていた。

（あれ……？）

てっきり商人が来たものと思っていたが、そこに立っていたのは女性と小さな子どもという組み合わせだった。

女性のほうは雪花より二回りほど年上に見えた。着物が浮くほどに痩《や》せているのに、顔だけは不気味なほど艶《つや》やかでふっくらとしている。

顔立ちはとても整っており美人と呼べる類《たぐ》いなのだろうが、こちらを見る瞳には妙な圧があり、雪花はぞわりと肌が粟立《あわだ》つのを感じた。

そして女性の真横に立つ子どもは、女性以上に奇妙な出で立ちだった。

姿格好から男児のようだが、身長は小鈴とさほど変わらない。

だが、その身体は女性以上に痩《や》せており、わずかな身じろぎでも服が脱げてしまいそうだ。

結われていない髪は長さがまばらで、ろくに櫛《くし》すら通していないのが見てわかる。

前髪で顔を覆い隠しているせいで顔立ちは一切わからない。

「あの、どちらさまでしょうか」

おそるおそる問いかけると、女性が口の両端をにいと吊り上げた。

「ごきげんよう公主さま。私は朱柿《シュシ》と申します」

上品な仕草で礼をする女性は、どうやら雪花が誰か知っているようだった。

子どもはぼんやりと立ち尽くしたままで動く気配はない。

「公主はおやめください。私はすでに嫁いだ身ですから」

「嗚呼《ああ》、なんとお優しい。あなたのような嫁を迎えたのなら、焔家は安泰《あんたい》ですね」

まるで誰かに聞かせようとしているのかのように、女性は声を上げて大げさに感動してみせる。

その仕草に、雪花は思わず身体を硬くした。

（この人……）

女性の動き方や喋り方は、かつて雪花が過ごしていた後宮の女官たちを思わせた。

雪花のことなど一切敬っていないのに、上辺だけは丁寧な言葉を使うときの態度によく似ているのだ。

胃の腑《ふ》がじりじりと焼け付くような不快感がこみ上げてくる。

「それで、御用向きは？」

「……今のご当主さまにお伝えしたいことがあって参りました」

ぺっとりとした笑みを浮かべた女性が一歩前に出てくる。

もしかして仕事の依頼だろうかと考えたが、もしそうならば事前に手紙なりなんなりでこちらの都合を聞いてくるのが礼儀だ。

蓮からは来客があるなど聞かされていない。つまり彼女たちは、突然押しかけてきた招かれざる客なのだ。

嫌な予感に汗が滲《にじ》む。

「当主は今、仕事中です。伝言であればお伝えしますが……」

「いいえ、直接お話がしたいのです。私の名前を告げてくれればわかるはずです。どうかお取り次ぎを」

なおも食い下がってくる朱柿に、雪花は思わずあとずさる。

子どもはやはり黙ったまま動かない。

「あんたたち、一体なんなの！」

隣にいた小鈴が怒りを滲《にじ》ませた声を上げながら、雪花と朱柿の間に滑りこんだ。

両手を広げ、まるで雪花を守るように立ちはだかっている。

「……お前っ」

小鈴の姿を見た瞬間、朱柿はそれまでにこやかだった表情を一変させ、瞳にらんらんとした怒りを湛《たた》えたのがわかった。

その変貌に雪花は違和感を抱く。

使用人に無礼を働かれたからと憤《いきどお》る者は確かにいる。だが、朱柿の表情は小鈴そのものを憎んでいるかのように見えた。

「まだいたのね、忌々しい」

（やっぱり）

朱柿の言葉から、小鈴を知っているのが伝わってくる。

「あれ……？」

小鈴も朱柿の態度からなにかを感じたのか、広げていた両手を下げてしげしげとその顔を覗きこんだ。

「この方をご存じなの？」

ひとりだけ置いてけぼりにされたような気持ちになりながら問いかけると、朱柿がどこか勝ち誇ったように鼻を鳴らした。

「ふふ。まさか私を覚えているなんて、道具のわりに賢いこと」

「っ……！」

小鈴を道具と言い放った朱柿に、雪花は弾かれたように顔を上げる。

「お前たちに使う愛想はないわ。早く当主を呼んできなさい。まさかこの家は、かつての嫁をもてなさないつもり？」

＊＊＊

　正門前でそのまま話し続けるわけにもいかず、雪花は朱柿と子どもを庭にある亭に案内した。

　朱柿は勝手知ったるという態度で上座に座り、子どもはその横にぽつんと立ったまま。その所在なげな様子が気にかかり、雪花は子どもに優しく声をかけた。

「こちらにお座りなさい」

　空いている席を指し示すと、これまでずっと静かだった子どもが弾かれたように顔を上げた。

　長い前髪の隙間から煤《すす》で汚れた顔がわずかに覗く。

（まあ）

　子どもの瞳の色は、蓮の色によく似ていた。よく見るとそこにはわずかに翠《みどり》が混ざっており、なんとも不思議な色合いだ。

「……」

　喋れないのか、子どもは困ったように身体を揺らし、しきりに朱柿へ視線を向けている。

だが朱柿は子どもに一切興味を示さない。まるで、存在そのものを無視しているような態度だ。

「大丈夫よ。こちらにおいで」

いても立ってもいられず、雪花は子どもの小さな手を取った。

その手は信じられないほどに細く、小さな手はかさついていて、おおよそ子どものものとは思えない。

こんな小さな子が、と胸がぎゅっと苦しくなった。

なんとなく朱柿から引き離しておきたくて、雪花は子どもを自分の横に座らせた。

「お菓子を食べる？　それともなにか甘い飲み物を用意しましょうか」

「……」

子どもから戸惑ったような気配が伝わってくる。

問われていることがわからないのか、それとも喋れないのか。

「甲斐甲斐しいこと。さすがは焔家の嫁だわ。どんな相手にも優しくできなきゃ、こんなところで暮らせないわよね」

ひどい言い様だった。

隣に座っている子どもがぎゅっと身体を硬くしたのが伝わってきて、雪花はその背中を優しく撫《な》でてやる。

（なんて細い）

服の上からでもわかる骨張った背中に、ますます胸が痛んだ。

どうして、と朱柿に問いかけようと雪花が口を開きかけたそのとき、静かな足音が近づいてくるのが聞こえた。

「蓮」

琥珀を伴った蓮が近づいてくる。

雪花の姿を認めた蓮の表情は険しく、それから朱柿に訝《いぶか》しげな視線を向けた。

朱柿は少し驚いたように目を見張り、赤い紅の塗られた口の端をついと吊り上げる。

蓮は足早に亭の中までやってくると、雪花の隣にそっと寄り添う。

「遅くなりました。……ご無沙汰しております、伯母上」

ぎこちない口調ではあったが、蓮が伯母と口にしたことにより、雪花は先ほど朱柿が口にした「かつての嫁」という言葉が真実だったのだと理解する。

「そのように呼んでいただかなくて結構よ。私はすでに焔家とは縁が切れた身だもの。朱柿と呼んでちょうだい。しかし、ずいぶんと大きくなったわねぇ蓮。私が最後に見たときは幼子だったのに」

ひどく馴れ馴れしい口調だった。

蓮をじっとりと見つめる視線には妙な熱がこもっており、雪花はなんとも言えない不快感を抱く。

「あなたがこの家を出て二十年ですから。当時の俺はまだ八つ。むしろよく俺だとわかりましたね」

「だって、あなたのお父上そっくりだもの。とてもいい男に育ったわね。それに、焔家を蓮が継いだという話は有名よ。稀代《きたい》の道士だと、都中の若い娘がはしゃいでいるわ」

くすくすと微笑みながら語る朱柿は、蓮だけを真っ直ぐに見つめていた。

隣にいる雪花や子どもの存在など、まるで見えていない。

「そんなことを言いにわざわざ我が家へ？」

蓮の口調は穏やかだが、明らかに苛立っているのがわかった。

「あぁごめんなさい。話が逸れたわ」

謝りながらも朱柿に悪びれる様子はない。

「今日来たのはほかでもない、それを引き取っていただきたいの」

それ、と朱柿が指さしたのは雪花の横に座る小さな子どもだ。

「引き取る……とは」

「その子はこの焔家の血を引く男児よ」

雪花と蓮は同時に息を呑む。そんなまさかと子どもに視線を向けると、子どもは小さな身体を震わせてうつむいた。

「私ね、この家を出たとき、あなたの伯父の子を身籠《みご》もっていたの」

「まさかこの子がそうだと？　だとしたら年齢がおかしい」

「当たり前でしょう。人の話は最後まで聞きなさい。腹に子がいることに気がついたのは、新しい嫁入り先が決まったあとのことだった。幸いにも嫁ぎ先の主人は優しい人でね。子どもごと私を受け入れてくれたわ」

そのときのことを思い出したのか、朱柿は夢を見ているかのようにうっとりと目を細めた。

「私は女の子を産んだの。可愛い子だった。とても……でも」

朱柿の瞳がようやく子どもに向けられる。冷たい、なんの感情も宿っていない視線に雪花まで心が冷えるようだった。

「あの子は死んだわ。それを残してね。私の大切な子は死んだのに、どうしてそれが生きているの？　そんな道理がなぜ許されるの？」

語るうちに興奮してきたのか、朱柿の言葉は荒く声も大きくなっていく。

「それだけじゃないわ、それが生まれてからというもの、婚家には災いが降りかかり、私の夫は死んでしまった。夫だけじゃない。たくさんの人間が死んだわ。だからそれは呪われているに違いないの。焔家の血よ。すべて焔家の血が悪いのよ」

目を血走らせ、唾を飛ばしながら喚《わめ》く姿は正気とは思えない。

その瞳に宿る明確な憎悪に、雪花は思わず子どもを抱きしめその耳を塞《ふさ》いだ。

幼子に聞かせていい言葉ではない。

「そんな不吉な子を育てるなんて私には無理よ！　焔家に関わったのがすべての間違いだったのよ」

ぜいぜいと肩で息をしながら朱柿は蓮を睨《にら》みつける。

「……ならばなぜ、子を産んだときに知らせてくれなかったのですか。あなたが焔家の血を憎むのならば、子を手放してくれればよかった。きっと父は、お嬢さんを受け入れたはずだ」

「過去のことはなんとでも言えるわ。私を焔家から追い出したのは、あなたの父よ。そんな男に我が子を渡せると？」

（焔家を追い出された？）

かつて蓮に聞かされた昔話では、伯父たちの妻は寡婦《かふ》として焔家で生きるよりはと生家に返されたと聞いていた。

しかし朱柿の口ぶりは、まるで蓮の父が強引に追い出したかのようだ。

「そんなはずはありません。あなたをはじめとした伯母たちは皆納得のうえで生家に戻ったはずだ」

「……あのときは、従うしかなかった。焔家にいても養えないとあなたの父は私に言ったのよ。それに……」

憎々しげに蓮を睨《にら》みつけていた朱柿は不意に言葉を途切れさせると、それまでの苛烈さが嘘のようにすっと表情を消す。

「とにかく。私はそれを育てられません。婚家は途絶えましたし、生家はもう私を受け入れてくれないでしょう。二度も夫を亡くした不吉な娘ですからね。これからはひとりで生きていかなくてはいけません」

「そんな……あなたの孫ではないですか」

雪花はたまらず声を上げた。

腕の中の子どもは、身じろぎひとつしない。今まさに捨てられようとしているのに、ただ大人しく雪花の腕に抱かれている。

「はっ……それが孫？　馬鹿言わないで」

朱柿は顔を歪《ゆが》めて笑うと、馬鹿らしいと一蹴する。

「私の子は死んだわ。それのせいでね。だからそれは私にとって不要なものなのよ」

「ひどい……」

小さな身体を雪花はきつく抱きしめた。

聞く限り、朱柿とて苦しんだのだろう。だがそれは大人の都合だ。幼子にはなんの罪もない。

「憐《あわ》れと思うならばどうか可愛がってやって。私には無理よ」

そう言うと、朱柿は勢いよく立ち上がる。

「……本当に不気味。あのころからまったく変わらないのね、お前たちは」

小鈴と琥珀を見つめ、朱柿は吐き捨てるように呟く。

かつてこの家で暮らしていたというから、顔を合わせたことがあるのだろう。

睨《にら》みつけられたふたりもまた、なにか言いたげな瞳で朱柿を見返している。

「どうするの当主さま。それを引き取ってくれるの、くれないの」

「……もし俺が断れば、どうするつもりですか」

「さぁ？　その辺に捨て置くか人買いに売るか……どちらかだわね」

なにがあっても朱柿は子どもを育てる気はないのだろう。

ここを訪ねてきたときから一度たりとも子どもに声をかけず手を引くこともなかった理由が今になってわかる。

雪花は子どもを抱きしめたまま蓮へ視線を向けた。

（蓮……）

腕組みをしたまま朱柿を見つめる蓮の表情からは、なんの感情も読み取れない。

蓮が優しい人であることは雪花も知っている。だが、突然現れた子どもを簡単に引き取ることなどできないのもわかっている。朱柿の言っていることが本当なのかもわからない。でも。

（この子を、手放してはいけない気がする）

腕の中に収まる、小さな子ども。本来ならば温かく感じるべき小さな身体は、雪花よりも体温が低かった。

庇護欲が、胸を満たす。

もしこのまま朱柿にこの子を渡してしまったら、きっとまともに生きていくことなどできないだろう。

（そんなのだめ）

「あの……」

「わかった。その子どもは我が家で引き取ろう」

「蓮！」

雪花が口にするよりも先に、蓮が朱柿に向けて言葉を発した。

その瞬間、腕の中の子どもの身体がぴくりと小さく跳ねたのが伝わってきた。

「わかってもらえて嬉しいわ。ああ、やっと手放せる」

清々したと言わんばかりの笑みを浮かべる朱柿に、雪花は鋭い視線を向けた。

だが朱柿は気に留める様子もない。鼻歌でも歌い出しそうな様子で身体をくねらせ、嬉しそうに微笑んでいる。

「その代わり、二度と焔家に関わるな。あなたとの縁はこれで切れたと思ってくれ」

「構わないわ。むしろ、こちらからお願いしたいくらいよ」

明るい口調でそう言い切ると、朱柿はさっさと歩き出してしまう。

まるで最初から、子どもなど連れていなかったかのように迷いなく歩いていく。

「……待ってください！」

その背中を雪花が呼び止める。

「なあに？」

ひどく億劫《おっくう》そうに首だけで振り返った朱柿は、胡乱《うろん》な視線を雪花に向けた。

「この子の名前を教えてください」

「……スイよ。翡翠《ひすい》の翠《すい》で、翠《スイ》」

「翠」

復唱すると、子どもがのろのろとした動きで顔を上げた。

雪花を見つめる瞳が、かすかに光を帯びたような気がする。

「あとは勝手にしてちょうだい」

そうして本当に朱柿はその場から去っていった。

蓮はそれを見送るどころか立ち上がることもせず、ただ椅子に座って腕組みをしたままなにかを考えこんでいる。

「まったく、どうして引き受けたんだ」

最初に声を上げたのは琥珀だった。呆れたと書いてある顔で、蓮を見て、それから雪花に視線を向ける。いや、雪花が抱いている子どもに目を向けていた。

「背負いこむのは勝手だが、あの手合いはまたやるぞ」

「……わかっている」

「本当にわかっているのか？　お前は事の重大さがまったくわかっていないように見えるが」

「うるさいぞ」

「蓮も琥珀もどうしたの」

なにやらふたりの雲行きが怪しくなってきた気がして雪花が呼びかけると、蓮が気まずそうに振り返った。

「すみません、我が家の騒動に巻きこんでしまって」

「そんなこと。私はあなたの妻なのですから、当然です」

「雪花……」

蓮が眉を下げ、悲しげな笑みを浮かべる。

「まさか伯母……いや、彼女がまたここに来るなんて思ってもいませんでした」

過去に思いを馳《は》せているのであろう。蓮の顔がうつむく。

「とにかく場所を移しましょう。そのままではその子が風邪を引いてしまう」

「え？」

どういうことだろうと視線をおろすと、雪花に抱きかかえられた翠がいつの間にかすやすやと寝息を立てている。眠った子どもは重くなると聞いたことがあったが、一切そんな気配は感じなかった。

「とにかく一度、家の中に運びましょう」

蓮が腕を伸ばし、翠を軽々と抱きかかえた。

その拍子に翠の着物がわずかに乱れ、細い手足が露《あら》わになる。骨に皮だけが貼りついたような手足の痛々しさに、胸が軋《きし》んだ。

「なんてこと……」

「軽すぎる」

苦いものを噛みしめたような顔をしながら、蓮が翠の身体を優しく包むように抱え直す。

お互いにかける言葉を見つけられず、しばし見つめ合う。

そして無言のまま、母屋へ向かったのだった。

使っていなかった客間の寝台に横たわっている翠が起きる気配はない。

薄い胸がわずかに上下していなかったら、生きているのかわからないほどに静かだ。

＊＊＊

「雪花、話がある」

翠の寝顔を見続けていた雪花に蓮が声をかける。

促され部屋の外に出ると、あたりはすでに夕暮れに包まれていた。

話し声で起こさぬように扉を閉めて蓮に向き直ると、そわそわと落ち着かない様子の彼と目が合った。

「蓮、あの子を……翠を引き取ると言ってくださって、ありがとうございます」

なにか言いたげな蓮が口を開くよりも先に、雪花は勢いよく頭を下げる。

これればかりは先に言っておかなければいけないような気がしたのだ。

「もし蓮が言ってくれなかったら、私がきっと引き取ると言い出していたでしょう。ありがとうございます」

雪花が引き取ると言えば、蓮も反対はしなかっただろう。だが、家長の意見を無視して嫁である雪花が朱柿に返事をするなど本来はありえないことだ。先んじて蓮が返事をしてくれたおかげで、妙に拗《こじ》れずに済んだのだ。

「いや……それはいいんです。俺も子どもを無下《むげ》に扱うつもりはなかった……ただ」

「ただ？」

妙に歯切れの悪い蓮の口調に、雪花は首を傾《かし》げた。

「雪花、先に言っておきます。おそらく、あの子どもは焔家の血は引いていない」

「え……」

まさかの言葉に雪花は目を丸くする。

「あなたも知っている通り、焔家はその血筋に龍の力を宿している。だから多かれ少なかれ力を持ち、道士として生きていけるのだ。だが、あの子どもからはなにも感じなかった。龍の気配も、道士としての力も」

何度も瞬きながら、雪花は必死に考える。

「世代を経て血が薄まったからなのでは？」

「その可能性も考えましたが……あまりにも無理がある話だ。朱柿が本当に伯父の子を産んでいたのなら、それは焔家の直系。たった一代で力が消えるとは思えない」

ざっと血の気が引くのがわかった。

「朱柿の言葉は嘘なのですか？」

「わからない。すべて嘘というわけではないのかもしれない。だが、すべて事実でもないのでしょう。間違いなく言えることは、あの子に道士の素質はない。焔家の人間にはありえないことです」

「そんな……」

どこか疲れたように蓮が長い息を吐き出した。

「でも、どうして朱柿はそんな嘘を」

「我が家に押しつけるためなのだろうが、それにしてはどこか様子がおかしかった」

「そうですね」

思い返してみても朱柿の態度は不自然だった。

本当に蓮の伯父の子を宿していたのなら、たとえ新しい家に嫁ぐにしても一度は焔家に伺いを立てるのが筋なのに。

そもそも朱柿と翠に血の繋がりがあるのかさえ、今になってみれば疑わしい。

（……ううん。他人だと私が思いたいだけね）

血の繋がった幼子にあんな冷淡な態度がとれる人などいないと、雪花は信じたかった。

「あの子を、どうするおつもりですか？」

「引き取ると言った以上は面倒を見ます。だが、ここにずっと置いておくわけにもいかないでしょう。精霊たちのこともあります」

「皆は喜ぶような気がしますが」

精霊は基本的には人が好きだ。使ってほしいとねだってくる可愛さもある。

「……雪花。普通の人間はあなたのように軽々と精霊の存在を受け止められないものなのです。あの朱柿も、この家にいたころはいつも精霊に怯えて苛立っていました」

「それで……」

朱柿が小鈴や琥珀にひどい態度をとっていたことを思い出す。

「幼子であれば順応できるかもしれないが、必ずそうとは限らない。早いうちに人の世界に逃がしてやったほうが幸せな場合もあるんですよ」

「でも」

「とにかく、しばらくは様子を見ましょう」

「じゃあ、私が世話を」

「だめです」

提案を即座に切り捨てられ、雪花は息を呑む。

「食事は精霊たちが作ったものを俺が届けます。世話も、人型になれる精霊に任せるつもりです。雪花は極力関わらないようにしてください」

どうしてそんなひどいことを言うのか。

悲しみと動揺で目を見張ると、蓮が気まずそうに眉を下げた。

「……あの子の素性《すじょう》がわからないまま、あなたと過ごさせるわけにはいかないんです。朱柿がなにかの意図をもって連れこんだのならば、危険が及ぶ可能性がある」

「そんな……」

「雪花。朱柿はこの焔家を憎んでいます。ただ子どもを押しつけたかっただけとは到底思えない。警戒すべきです」

「翠はあんなに小さいんですよ？　なにもできるわけがないわ」

「だとしても、です。あの子自身がなにも知らなくても、その後ろには朱柿がいることは決して忘れないでください。あなたになにかあれば、陛下がどれほど悲しむか。俺にはあなたを守る義務があるんです」

蓮の言葉は正しい。

彼がどんな人間も手放しで信じてはいけない立場にあることを、雪花はわかっている。

けれど、あの小さな子どもに壁を作るなど、雪花には到底できそうもない。

守ってくれる親のない小さな身体は、あんなに冷え切っていたのに。

「どうかわかってください。俺は、あなたに傷ついてほしくない」

「蓮……」

「俺とてあんな小さな子を疑いたくもない。でも、怖いんだ」

「怖い？」

そう語りながら扉の向こうを見る蓮の横顔には、複雑な感情が宿っている。

「あの子が伯父の孫かもしれないと思ったとき、俺は喜んでしまった。龍の血縁がいたのか、と。だが、あの子にはなんの力も感じなかった」

「蓮……」

焰家の直系は、もう蓮しか残っていない。

「この血を絶やすことを望んでいたというのに、情けない。朱柿がそんな俺の心の隙を狙ったのだとしたら、きっとその後ろには恐ろしい計略があるに違いない。俺は、自分の弱さが怖い」

「そんなことありません」

雪花は蓮の手をそっと取る。

誰だってひとりは寂しい。

雪花が後宮で心を壊さなかったのは、兄と信じていた普剣帝がずっと気にかけてくれていたからだ。

しかし蓮はずっとここで孤独に生きていた。家族がいるかもと感じたことに喜んで、なにが悪いのか。

「雪花。今の俺にとって一番大切なのはあなただ。あの子に関わることで、あなたになにかあったら、俺は……」

　手を握り返してくる蓮の手がわずかに震えていた。

（ああ、この人は……）

決して翠を蔑《ないがし》ろにしたいわけではない。

だが、それ以上に雪花を案じてくれているのだ。

「わかりました……でも、あの子に関わらないなんて私にはできません」

　蓮の不安もわかる。

だが、だからといって翠と距離をとるなど雪花にはできない。

「せっかく縁あって知り合ったのです。私はあの子に優しくしてあげたい。人のぬくもりを知ってほしいのです。どんな素性《すじょう》の子であっても構いません。いずれここを出ていくとしても、自分は生きていていいのだとあの子に思ってほしいのです」

「あなたは……本当に……いや、わかっていたがね……」

目元をふっとゆるませた蓮が、肩の力を抜く。

「わかりました。関わるなとは言いません。ですが、どんな些細《ささい》なことでも俺に報告してください。俺がだめだと言ったときは必ず離れる。それだけは約束してください」

「はい！」

元気よく返事をすると、蓮はやれやれと小さく首を振った。

「あなたには本当に敵わない」

「ありがとうございます、蓮」

叶うならば、翠にも人のぬくもりを知ってほしい。

そう願いながら、雪花はこれからの日々に思いを馳《は》せたのだった。

二章　翡翠《ひすい》の少年

湯気を立てる鍋を覗きこみ、雪花は口元に小さな笑みを浮かべた。

小さく刻んだ野菜と白米を煮こんだ粥《かゆ》はよく火が通って、くつくつと泡を立てている。

(昨日の様子では、食事をろくにとっていなかっただろうし、柔らかいものから食べさせたほうがいいわよね)

結局、翠はあのまま目を覚まさなかった。

よほど疲れていたのだろう。身じろぎもせず昏々《こんこん》と眠り続ける姿に、胸が苦しくなった。

精霊に見守らせると蓮は言っていたが、雪花はどうしても気になって、様子を見るため何度も客間を覗きに行ってしまったほどだ。

か細い寝息が途切れやしないかと、不安でたまらなかったのだ。

今朝も日が昇る前に目が覚めてしまい、包丁たちに頼みこんで粥《かゆ》を作らせてもらっている。

「もういいかしら」

竈《かまど》から鍋をおろし、小さな皿へ粥《かゆ》を取り分ける。陶器の匙《さじ》では熱いかもしれないから、木匙《きさじ》と白湯《さゆ》を添えてお盆にのせる。

「小鈴が持とうか？」

「ううん。これは私が運ぶわ」

雪花が料理をしている間、ずっと隣で見ていてくれた小鈴が目を輝かせて手を差し出してくるが、雪花はそれをやんわり断る。

「え～」

「小鈴はその鍋を持ってきてもらえる？　熱くて私じゃ持てないから」

「いいよ！」

「ありがとう」

優しく微笑みながら、雪花はお盆を手に持ち、小鈴と一緒に台所を出る。

客間に向かうと、扉の前に小さな道具の精霊たちが集まっているのが見えた。

「みんな！　蓮さまに近づいちゃだめって言われてるでしょ‼」

声を上げ小鈴が走り出すと、道具たちが蜘蛛《くも》の子を散らすようにその場から逃げ出していく。

「あらあら」

「もう！　あの子たちったら」

ぷうと頬《ほお》を膨らませる小鈴はとても愛らしい。

「みんな、翠が気になるのね」

「人が増えるのが嬉しくてたまらないのよ。雪花が来たときもああだったのよ」

「ええ？」

知らなかった過去を知らされ、雪花は目を丸くする。

「落ち着くまで絶対に声をかけちゃだめって蓮さまが言ってたから、あんな風に見るだけだったし姿も見せなかったけどね」

「そうだったの……」

焔家に輿入《こしい》れした最初のころはあまりの人気のなさに驚いていたが、そういう事情もあったのか。

驚かせないようにとずっと気遣ってくれていたのだろう。

「私が見張ってるから、雪花は行ってきて」

門番のように小鈴が扉の前に立つ。

周りをよく見ると、逃げたと思った精霊たちがちらちらと様子を窺っているのが見えた。一緒においでと言ってあげたいが、蓮が禁じているのなら誘うわけにもいかないだろう。

「お願いね、小鈴」

頼もしい背中に声をかけながら、雪花は客間の扉を開ける。

部屋の中に入ると、奥の寝台がもぞりと動いて、掛布の中から小さな頭が飛び出した。

「おはよう、翠」

長い前髪のせいで表情は読めないが、雪花の様子を窺うようにじっとこちらを見ているのがわかる。

「よく眠れた？　お腹空いたでしょう。朝ご飯よ」

お盆を机に置きながら声をかけると、ご飯という言葉に身体がわずかに跳ねたのが見えた。

（よかった。食欲はあるみたい）

寝台に向かい、こちらを見ている翠に手を差し出す。

その瞬間、翠が両手を挙げて己の頭を庇《かば》った。

「……！」

ひゅっと喉が鳴った。血の気が引き、目の奥が痛いほどに熱を持つ。

（そんな）

幼いころ。先帝の寵姫《ちょうき》であった麗貴妃に疎《うと》まれていた雪花は、ことあるごとに彼女から虐げられていた。

狡猾《こうかつ》な麗貴妃は自らの手を汚そうとはせず、自分の女官によく雪花をぶたせた。

そのとき、雪花はいつも自分の頭を庇《かば》っていた。

おそろしくておそろしくて、誰かが自分のそばで動くたびにびくりと身体をすくませていた記憶が蘇る。

「……翠、大丈夫。なにもしないわ……なにも、しないから」

細い腕にそっと手のひらを押し当てる。

なだめるように何度も何度も優しく撫《な》でると、翠はようやく腕をおろした。

「おいで」

手を引いて寝台から机へ招く。椅子に座らせ、目の前に粥《かゆ》の入った器を置くと、息を呑む音が聞こえた。

小さな手のひらに木匙《きさじ》を握らせてやると、それまでが嘘のように勢いよく粥《かゆ》をすくい、口に運びはじめる。

「ゆっくり食べてね。まだたくさんあるから」

必死に粥《かゆ》を咀嚼《そしゃく》しながら、翠が何度もうなずく。前髪の隙間から覗く瞳がキラキラと輝いていた。

（よかった）

それから二度おかわりをしてようやく満足したらしい翠は、音を立てて白湯《さゆ》を飲み干した。

小さな身体によく入ったものだと感心しながら翠を見ていた雪花は、その髪や肌がずいぶん汚れていることに気がつく。

服も大きすぎるだけではなくあちこちすり切れており、このまま着続けるわけにはいかないだろう。

「翠。身体を綺麗にして着替えましょう。髪も洗ってあげる」

「……？」

言われていることがわからないのか、翠は小さく首を傾《かし》げるばかりだ。

（これまでどんな暮らしをしていたのかしら）

そもそも言葉が喋れるのかどうかもわからない。

翠について、朱柿からは名前以外なにも聞かなかった。生まれ年さえ知らないことに、雪花は今さら気がつく。

（どうすればいいのかしら）

世話をすると意気込んでいた気持ちが急に萎《しぼ》みそうになる。

これまで後宮で、女官の明心《メイシン》をはじめとした人々に世話を焼かれて生きていた雪花が、翠になにをしてあげられるのか。

考えこんでいたせいで自然とうつむきがちになってしまう。

すると、そんな雪花を案じるように、翠が顔を覗きこむような仕草を見せた。

「ああ、ごめんなさい。ちょっと考えごとをしてて……」

そう口にしたとき、雪花はとても大事なことを忘れていたと気がつく。

「翠。私は雪花よ」

昨日は慌ただしく、名乗る暇さえなかった。

自分を指さしながら雪花と繰り返し口にすると、翠の小さな唇がわずかに動く。

「せ、っか」

「！」

はじめて聞けた声はとてもか細く、子どもらしい舌っ足らずなものだった。

ようやく言葉を発してくれたという喜びに胸が弾む。

「そうよ。私は雪花。よろしくね、翠」

「せっか……雪花……」

一生懸命覚えようとしているのだろう。繰り返し何度も呼ばれると、少しくすぐったい。

怖がらせないようにそっと手を伸ばし、小さな頭をそっと撫《な》でる。

「翠。今日からしばらくここで暮らすのよ。困ったことがあったらなんでも言ってね」

こくんとうなずく翠に、雪花はほっと息を吐く。

どうやら少しは意思の疎通をしてくれる気になったらしい。

「まずはお風呂に入って着替えましょう。ちょっと待っててね」

安心させるように翠を一度抱きしめてから、雪花は扉の向こうで待ってくれている小鈴に呼びかける。

「お湯を沸かしてくれる？　それと、男の子の服はないかしら」

しゃらんと軽やかな鈴の音が聞こえた。それに重なって、いくつかの道具たちが歓喜の音を立てるのが聞こえてくる。

「まかせて！　蓮が小さいときの服があったはずだから持ってくるね！」

聞こえてくる嬉しそうな声と、たくさんの足音。

どうやら精霊たちが張り切りはじめたらしい。

騒がしいほどの物音に苦笑いをしながら振り返ると、翠の瞳がまんまるになっているのが見えた。

どうやら、いろいろと聞こえてしまったらしい。

「大丈夫よ。さ、行きましょう」

手を差し出すと、翠はおずおずと小さな手を重ねてくれたのだった。

＊＊＊

月琴の弦を弾いていた指が、勝手に止まった。

「雪花？」

「あ、ごめんなさい……」

琥珀に名前を呼ばれ、雪花ははっと我に返る。

周りを見ると、曲を聴きにきていた道具たちが不思議そうにこちらを見ていた。

「謝らずともよい。どうした。今日はずっと上の空だぞ」

「……」

心配そうな琥珀の声や、気遣わしげな道具たちの視線になんと返してよいかわからず、雪花は目を伏せる。

先ほどからずっと頭を占めているのは、翠のことだった。

(だって、あんな……)

髪や身体を清めるため、翠を風呂場に連れていったところまではよかった。

小鈴と一緒に服を脱がしたところで、雪花は言葉を失った。

普段は陽気な小鈴さえも表情をなくし、呆然と翠の身体を見ていた。

「雪花？」

翠だけがなにが起こっているのかわからないという顔で首を傾《かし》げている。

（ひどい）

そう口に出さなかったのは、意図してではない。声が出なかったのだ。

翠の身体は、ほとんどが骨と皮だけだった。浮き上がったあばらとわずかに膨らんだ腹部は不均衡で、ひょろりとした手足は関節だけが出っ張っている。

そして乾燥しきった肌には、あちこちに傷跡や青痣《あおあざ》があった。

一番ひどいのは背中だった。なにかに引き裂かれたような深い傷。すでに塞《ふさ》がってはいたが、呼吸のたびに赤い引き攣《つ》れがわずかに上下するさまは、どこまでも痛々しい。

「……っ！」

湧き上がったのは憤《いきどお》りだった。

こんな幼子になんてことをするのだ、と。

誰がこれをしたかなど、考えるまでもない。翠を『それ』と呼び、焔家に押しつけた朱柿。

勝手に滲《にじ》んでくる涙を必死に瞬きでごまかし、雪花は微笑みを作る。

「少し沁《し》みるかもしれないわ。痛かったら言ってね」

「うん」

だが翠は身体を洗われている最中、一言も痛みを訴《うった》えなかった。

それどころか、埃《ほこり》と土で固まった髪がするりとほどけたとき、ほう、と嬉しそうな声を上げた。

清潔な布で身体を拭き上げ、香油で身体を撫《な》でてやると、くすぐったそうな声を上げ、身をよじる。その姿は年相応の子どもらしく見えて、胸が熱くなった。

背中の傷に軟膏《なんこう》を塗り、精霊たちが持ってきてくれた服を着せてみると、まるであつらえたかのようにぴったりで、よく似合っていた。

不揃《ふぞろ》いな髪は無理に切り揃《そろ》えることはせず、櫛《くし》を入れて頭の上でひとまとめにした。短いせいで少し不格好にはなったが、おろしたままでいるよりずっといいだろう。

「まあ……」

翠は驚くほどに綺麗な子どもだった。

頬《ほお》はこけているが、小さな顔はとても愛らしい。あどけなさはあるが目元は涼やかだし、肉付きの薄い唇はとても綺麗な形をしている。

(やっぱり似ている。特に目元が)

瞳の色は蓮よりも薄いが、それ以外のつくりは知らぬ人が見れば親子だと言っても疑われないほどに近いものを感じた。

（本当に血縁関係はないのかしら……）

蓮の言葉を信じるならば、翠には龍の血は流れていない。

だが朱柿の言葉にわずかでも真実が混じっていたとしたら。

「翠、あなたのお父さんやお母さんのことはわかる？」

「……」

翠は無言で首を振った。その表情にはなんの変化もない。

「生まれ年はわかる？　どこで暮らしていたの？」

言葉を選びながらいくつか質問してみるが、そのたびに翠はわからないと首を振るばかりだった。

「ん……」

そのうちに、翠が小さなあくびを漏らした。

身体を洗ったことで、再び眠気が襲ってきたらしい。

小さな頭を前後に揺らしはじめた翠を抱え、雪花は客間へ戻り、清潔な寝台に寝かしつけたのだった。

今は小鈴がそばについて様子を見てくれている。

ずんと重たくなった心を軽くするために龍厘堂で月琴を奏でていたのだが、どうしても集中できないでいた。

痩《や》せて傷だらけの身体のこと。名前以外、己のことをなにも知らないこと。

「……あの子に、なにをしてあげたらいいかわからなくなって」

「ああ」

ぽつりと零《こぼ》れた言葉に、琥珀が得心がいったとばかりにうなずく。

「あの男童か。様子はどうだ」

「今はよく眠っています。朝は粥《かゆ》を食べて、さっき小鈴と一緒に身体を洗ってあげたんです。そうしたら……」

背中の傷を思い出し、雪花は唇を噛みしめる。

「身体中傷だらけで、骨が浮くほどに痩《や》せていて……。あんな、あんなに小さな子が……」

「そうか……」

思うところがあるのだろう、琥珀が目を伏せる。

「身体も心も今にも消えそうなほどに弱っているように見えたからな。今はしっかり食べさせ、休ませることが先決だろう」

「……それ以外に、なにかできることはないのでしょうか」

雪花はこれまでにも自分の無力さに打ちのめされてきた。

蓮と出会い、愛し愛される素晴らしさを知ったことでほんの少しだけ強くなれた気がするが、それでもまだできないことのほうが多い。

せめてあの子を救ってあげたい。そんな願いで頭がいっぱいになる。

「慌ててもよいことはない。まずは身体の健康を取り戻してやるのが一番だ」

「身体の健康……」

「そうだ。子どもはよく食べ、よく眠り、よく遊ぶものだ。あの男童はまだ遊ぶほどの体力はない。今は、食事を届け、身体を清め、毎日の様子を気遣ってやればいい」

「たったそれだけでいいのですか？」

「その『たったそれだけ』が欠けていたから、ああなったのだ」

「……！」

「雪花。世話を焼くというのは、なにかを押しつけることではないぞ」

琥珀の言葉が胸に染み入る。焦っていた自分が少し恥ずかしくなった。

「もしなにかしてやりたいのならば、月琴を聞かせてやればいい。音楽は心を癒《い》やすものだ。とくにこの琥珀の音色はな」

「まあ」

おどけたような口調に思わず笑うと、周囲の精霊たちも一緒になって笑い声を上げた。

「じゃあの子がもう少し元気になったら、ここに連れてくるわ。皆の音を聞かせてあげて」

「もちろんだ」

優しい精霊たちの音が一斉に響く。

重く心にのしかかっていたなにかが、溶け出していくようだった。

＊＊＊

琥珀の助言を受け、雪花は清彩節の準備の合間を縫《ぬ》いながらせっせと翠の世話を焼いた。

弱った身体を温めるために、毎日新鮮な食材を使った料理を食べさせ、傷に薬を塗ってやり、傷んだ髪を梳《す》いてやった。

ひと月ほど経ったころには、翠は子どもらしい艶《つや》を取り戻してきた。

その成長を見ているのが嬉しく、雪花は暇さえあればそばにいて月琴や笛を奏で、物語を読み聞かせた。

相変わらず表情は乏しく、雪花を呼ぶ以外は声を上げることもなかったが、それでも十分だった。

客間に入ると、翠は待ちかねていたかのように雪花に駆け寄ってくるようになったし、食事だってずいぶんと食べる量が増えた。

このまま順調に日々を重ねれば、きっとすぐに健康的な子どもと変わらないほどに育つだろう。

「最近の翠、とても可愛いんですよ」

嬉しさを隠しきれず、雪花は蓮に今日の翠について語って聞かせていた。

ここ最近ずっと忙しくしていた蓮が、久しぶりに雪花が起きているうちに寝所に来たことも、雪花の心を弾ませた。

寝支度を調え寝台に並んで横になりながら、言葉を紡ぐ。

「今は月琴の音色が一番気に入っているようなんです。琥珀に聞いたら、龍厘堂に一回り小さな月琴があるというので、いつか使わせてあげてもいいですか？」

音楽を奏でる楽しさを知れば、もっと元気になるかもしれない。

そんな思いで提案しながら身体を寄せると、蓮がぎゅっと眉を寄せた。

「……ずいぶんとあの子が気に入ったようですね」

「え……」

「あまり入れこみすぎないほうがいい。いずれは手放す子ですよ」

妙に棘《とげ》のある口調だった。普段の蓮とはずいぶん違う。

（手放すって……）

確かに最初はそういう話だった。でも、それはもっと先のことのはずだ。

今の翠はまだ人並みには生活できない。あと数ヶ月、許されるなら数年はそばに置いて育ててあげたい。

そこまで考えて、雪花は蓮が言うようにずいぶんと翠に入れこんでいることに気がついた。

蓮の懸念《けねん》も当然かもしれない。

（どうしよう）

落ち着かない気持ちになっておろおろと視線を揺らすと、蓮がふうと短く息を吐いた。

「すみません。みっともないことをしました」

「蓮？」

蓮の腕が雪花を抱き寄せる。

「あなたが、あの子にばかり構うから、つい嫉妬しました」

「……！」

胸の奥がきゅうっと締めつけられた。

「……子どもですよ」

「それでもです。あなたの心が、俺以外に向けられているという事実は、やはり耐えがたい」

「まあ」

子どもみたいと笑うと、蓮が拗《す》ねたように鼻を鳴らす音が聞こえた。

いつだって大人で優しい蓮が見せた素直な気持ちに、雪花の頬《ほお》が熱を持つ。

「でも安心しました。最初に見たときは、もっとすさんだ子どもかと思っていたのですが、あなたにはずいぶんと懐《なつ》いたようだ」

「ええ……」

「精霊たちからも聞いています。あなたは本当に献身的だと。任せたことを不安に思っていましたが、俺の杞憂《きゆう》だったようだ」

蓮の手が、雪花の頭に伸びる。

「……本当は不安だったんです。傷ついた子どもに関わることで、あなたが苦しまないかと」

優しく頭を撫《な》でてくれる手からは、彼の思いやりが伝わってくるようだった。

きっと、雪花が翠に関わることで、後宮でひとり苦しんだ日々を思い出し、悲しむのではないかと案じてくれたのだろう。

「あの子……最初に私が触れようとしたとき、手で頭を庇《かば》ったんです」

蓮が息を呑む音が聞こえた。

ほかのことはすべて伝えたが、それだけは言葉にできぬまま今日まで来ていたのだ。

「その瞬間、私はかつての自分を思い出しました。後宮で、私を虐げていた大人たちの姿が蘇ったんです」

滲《にじ》む涙を隠すように蓮の胸に顔を押しつける。

「怖かった。なんの力もない私を、あの人たちは人として扱おうとはしなかった」

苦しくて、悲しくて、辛くて。

何度消えてしまいたいと思ったかわからない。

「誰かに抱きしめてほしいと泣いた夜もあります」

たったひとり、寝台で身体を丸めて過ごすことしかできなかった。

「私はきっと、誰かに抱きしめてほしかったんだと思います」

女官であった明心や、気にかけてくれる兄はいた。

それでも本当に欲しかったのは、常にそばにいてくれる誰かだ。泣いている夜に、腕に抱いて眠ってくれる誰か。

「今の私には蓮がいます。これからの翠には、私がそうなってあげたい」

「雪花……」

翠があんな風に周りに無感動なのは、誰にも大切にしてもらったことがないからなのだろう。

幼い雪花には、短くも母との記憶があった。

愛された日々があった。

そばにいられる間だけでいい。これからの翠にとって、心の支えとなるような思い出を作ってあげたい。

「もし、できることなら蓮にも翠と関わってほしいんです」

「……！」

黒曜石の瞳が、戸惑うように揺れた。

「無理にとは言いません。少しでもいいんです」

「……俺は、あなたのようにあの子に接することはできない」

雪花を抱く腕に、力がこもる。

「子どものころ、俺は誰かに抱いて眠ってもらったことがない」

「っ……」

「俺は母を知らない。父は俺を疎《うと》んだ。俺を育てたのは、この焔家にいた精霊たちです。焔家を加護する龍の血は、人を孤独にします。ここで生きていくということは、人とは違う人生を歩むことを意味する。俺の一族は、誰も幸せになれない」

そんなことはない、と言いかけた雪花だったが、蓮の表情があまりに必死だったため、うまく言葉が出ない。

「人の愛情を知らずに育った俺が、あの子になにかを与えてあげられるとは思えないんだ」

（そうだった、蓮は）

先祖返りで、生まれながらに強い力を持っていた。精霊と人の区別すらつかず、そのせいで父親との間に深い溝ができた。その溝は、父親が病で命を落とすまで埋まることはなかったという。

「あなたのように、あの子にどんなものを与えていいのか俺にはわからないんです」

哀しさが伝わってくるような声だった。

これまで雪花は蓮を立派な大人だと、過去と決別できた人だと思いこんできた。

でも、抱えている心の傷は、雪花より深いのかもしれない。

「……大丈夫ですよ」

きつく抱きしめてくれている蓮の背中に雪花は手を回す。

たくましい身体がびくりと震える。

「だって、蓮は私に幸せをくれたもの」

たとえ知らないことでも、これから一緒に学んでいけばいい。

きっと大丈夫。そう伝えるように広い背中を撫《な》でる。

「雪花には敵わないな」

「私は、あなたの妻ですから」

ふふっと笑って伝えると、蓮もまたわずかに笑った気配が伝わってきた。

先ほどまで強張《こわば》っていた身体から力が抜けた気がする。

「……伝えるべきか迷っていたのですが」

「なんでしょう？」

「あれから、朱柿についていろいろと調べてみたんです」

雪花は勢いよく顔を上げた。ずっと気にかかっていたことだ。

「なにかわかったんですか？」

「朱柿は、焔家から生家に戻ったあと、半年もせずに北部にある禄《ロク》家という豪商の家に嫁いでいました」

禄家は広大な土地を持ち、農業のほかにも手広く商売をしていた家だという。朱柿の生家は財産こそなかったが、高貴な血筋だったために結婚歴があっても問題ないと迎え入れられたそうだ。

「そこで子どもを産んだことも間違いないようですが、そこから先がどうにもはっきりしない」

「はっきりしない？」

「禄家が途絶えているのです」

「え……」

「流行病で当主や使用人などほぼ全員が死亡したということです。病の広がりを恐れた近隣住民により屋敷は燃やされ、なにも残っていないと」

刃物を首筋に当てられたような感覚に襲われる。

『私の夫は死んでしまったの。夫だけじゃない。たくさんの人間が死んだわ』

それは、朱柿が語っていた内容そのものだ。

「今、生き残りがいないか探させています。翠を産んだという朱柿の娘についてもなにも、わかっていません」

「翠は、本当に焔家とは無関係なのでしょうか」

翠の顔立ちはどことなく蓮に似ている。もしかしたら本当は、蓮と血縁関係があるのかもしれない。

「……なんとも言えません」

蓮がゆるく首を振る。蓮もまた、どう判断すればいいのかわからないのだろう。

「とにかく、今はまだ調査の途中です。清彩節が終わるころには、もう少しくわしい話がわかるかと」

「そう、ですか……」

言い知れぬ不安が胸の奥に渦巻く。

「安心してください雪花。俺や琥珀が見たところ、あの子どもに特別な力はなかった。もし朱柿の語った不幸な過去が事実でも、あの子にはなんの非もない。それだけは間違いないのです」

慰《なぐさ》めてくれる蓮の優しさに、雪花は何度もうなずくことしかできないでいた。

（翠は、本当にただの子どもよ）

幼く純真な愛らしい男の子。

あの子に笑ってほしい。

幸せになってほしい。

「……蓮さま、ひとつお願いがあるのですが」

「なんでしょう？」

意を決して口を開いた雪花に、蓮は大きく目を見開いたのだった。

＊＊＊

翠が焔家にやってきて、早いものでひと月と半分ほどが過ぎた。

小さな身体はまだ痩《や》せているが、頬《ほお》はふっくらとして肌には赤みが増し、動きにも精彩さが出てきたように感じられる。

一番変わったのは、その表情だ。

出会ったときは感情らしいものを一切見せなかった翠だが、最近ではわずかながらに喜怒哀楽を表現してくれるようになった。

雪花が呼べば顔を上げ、手招きをすれば駆け寄ってくる。

食事に目を輝かせ、音楽や物語に聞き惚れるような仕草を見せることも増えてきた。

最初はおそるおそるだった雪花を呼ぶ声も、このごろはずいぶんと慣れたものになってきたように感じる。

しかし雪花の名前や、意味を知らぬ言葉を繰り返すとき以外、口を開くことはない。

抱えている感情をもっと伝えてほしいと思いながらも、雪花は決して翠を急かすことなく一緒に過ごしていた。

「翠。今日は一緒に散歩をしましょうか」

よく晴れた日の午後、雪花は翠の手を引いて霊廟《れいびょう》の前まで来ていた。

翠は不安そうに周囲をキョロキョロと見回しており、雪花と繋いでいないほうの手は袴《はかま》をぎゅっと握りしめている。

焔家に来てからずっと客間の中で過ごしていた翠にとってみれば、焔家の敷地内とはいえ見知らぬ場所だ。怖くて当然だろう。

ずいぶんと艶《つや》の増した髪の毛をなだめるように撫《な》でてあげながら、雪花は微笑みかける。

「なにもこわいことなんてないわ」

「……」

すがるような視線には、怯えと戸惑いが滲《にじ》んでいた。

大丈夫と言い聞かせるように繋いだ手を握り返し、霊廟《れいびょう》の中に入ると、外とは打って変わってひんやりした空気に満ちている。

「蓮、連れてきましたよ」

「早かったですね」

「！」

翠が、息を呑む音が聞こえる。

霊廟《れいびょう》の中では、蓮が清彩節の道具を並べている最中だった。

「清彩節の準備をしているのよ」

「……せい、さいせつ？」

「そう。清彩節というのは、ご先祖さまの魂に感謝を捧げる日なの。たくさん準備することがあるから、翠にも知ってほしくて」

「……」

小さな瞳がちらちらと蓮と雪花の間で揺れ動く。

最初に焔家に連れてこられた日以来、翠は蓮とは顔を合わせていない。きっと人見知りをしているのだろう。

「翠。大丈夫。彼は、焔蓮。この家の主《あるじ》で、私の夫よ」

「……！」

翠の身体が小さく跳ねた。雪花を見つめたあと、蓮を真っ直ぐに見つめ、目を丸くしている。

「雪花、お嫁さん、だったの？」

「……！」

今度は雪花が息を呑む番だった。

（喋った！）

これまでたどたどしい単語しか喋ったことのなかった翠が、はっきりとした意味のある言葉を口にしたのだ。

驚きと感動で身体を震わせると、雪花は翠の正面にまわりこみ、その両手を包むように握った。

「ええそうよ。私は、蓮のお嫁さんなの。素敵な人でしょう？」

自慢するように微笑むと、翠は困ったように眉を下げた。なにかを言いたげにもぐもぐと口を動かしているが、言葉を見つけられないのか途方に暮れたような顔をする。

「……」

これ以上待っていても、きっと翠は喋らない。

経験からそう判断した雪花は、空気を切り替えるように両手を合わせて軽く音を立てる。

「今日は、みんなで清彩節の準備をするの。翠も手伝って」

これは雪花が蓮に提案したことだ。

翠を客間に閉じこめ続けていてもなにも変わらない。身体は多少健康になるだろうが、それだけだ。

かつて後宮の月花宮という狭《せま》い世界で生きていたとき、雪花は自分が生きているのか死んでいるのかわからないと感じることが何度もあった。

狭《せま》い箱庭の中で過ごす時間は、平穏ではあるが無感動だ。ただ与えられるものにすがり生きていくだけでは、なにも変わらない。

（翠には、少しでもいいから外の世界を知ってほしい）

だからまずは蓮とも関わってほしいと願ったのだ。

清彩節はそのきっかけにぴったりの行事だった。霊廟《れいびょう》に道具を並べて祭壇を作り、決められた供物を並べていく。ひとつひとつは単純作業で子どもでもできることばかりだが、数が多いことや、揃《そろ》えるべき供物が多岐《たき》にわたるため、大人ふたりがかりでもそれなりに時間がかかるのだ。

突然、交流を深めろと言っても難しいが、ともに作業をすることで芽生える感情もあるかもしれない。

(まずはお互いの存在に慣れてくれればよいのだけれど)

すぐに打ち解けられるとは思えない。

蓮には蓮なりの考えがあるだろうし、翠もはじめて関わるに等しい蓮に、すぐに懐《なつ》くことは難しい。

だからまずは、一緒の空間にいることからはじめようと思ったのだ。

「翠にはこの小さな食器を拭き上げてほしいの。木でできているから落としても割れないわ。ゆっくりでいいから、お願いね」

木製のお椀《わん》や皿、箸や匙《さじ》などがいくつも並ぶ場所に翠を案内し、座らせる。

翠は困ったように何度も雪花を見つめてきたが、あえてなにも言わずに、布を使って食器を拭く手本を見せてやった。

すると、翠はたどたどしい手つきながらも食器を拭きはじめる。

(やっぱり器用ね)

三枚目の皿を手に取ったあたりから、翠の手つきが格段によくなった。

小さな手で迷いなく拭き上げていく仕草はどことなく気品さえ感じる。

雪花を気にしてばかりだった瞳も、今は真剣に食器たちに向かっていた。

「……じゃあここはお願いね。私はあっちで作業をしているから、なにかあったらおいで」

ほんの少し離れた場所を指さして教えると、翠は少しだけ迷ったものの力強くうなずいてくれた。

胸を撫《な》でおろしながら、雪花は自分の仕事である供物の準備にとりかかる。

清彩節の供え物は数日にわたって飾ることから、調理はせずに素材だけを使うことが多い。その数や量には一定の決まりがあるため、仕分けはなにかと大変なのだ。

自分の仕事をしながら翠と蓮に目を向ける。

ふたりとも己の作業に集中しており、黙々と手を動かしていた。

特に翠は小さな唇をつんと尖らせている。集中するとつい唇が出てしまうらしい。

可愛らしいその顔に軽く微笑んでから、雪花は手を動かす。

それからしばらく各々に作業していると、不意に雪花の手元に影が差した。

顔を上げると、翠が目の前に立っていた。

いつもとは違い、頬《ほお》を高揚させ目を輝かせた表情に雪花は目を見張る。

「翠。終わったの？」

こくこくとうなずく翠の表情は年相応の子どもに見えた。

手を引かれ元の場所に行くと、美しく磨き上げられた食器が並んでいる。丁寧な仕事ぶりに、雪花は感心しきった声を上げた。

「すごいわ翠。全部終わったのね。ありがとう、助かったわ」

笑顔を向けると、翠が恥ずかしそうに顔を伏せる。愛らしいその頭を撫《な》でてやると、くすぐったそうな声が聞こえた。

「蓮、見てください。翠がとっても頑張ってくれたんですよ」

道具を並べ終え、配置を確認していた蓮を呼ぶと、すぐこちらにやってきてくれる。磨き上げ、種類ごとに並べられた食器を見た蓮も、先ほどの雪花同様に翠の仕事ぶりに感心したのか「ほう」と短く声を上げた。

「すごいな」

蓮の声に翠が顔を上げ、ぱっと表情が明るくなった。蓮が、その笑顔に驚いたように何度も瞬く。

「雪花……」

どうすればいいのかわからないのだろう。助けを求めるように雪花を見る蓮の表情は、まるで子どものように感情が隠しきれていない。

「褒めてあげてください」

わずかに目を見開いた蓮が、ぎこちない動きで翠へ身体を向けた。

翠もまた蓮を緊張した顔で見上げている。

「……よくがんばった。ありがとう」

「……！」

「よかったね、翠」

壊れた人形のように何度もうなずく翠の愛らしさに、雪花は目を細めた。

それから三人で役割を分担しながら清彩節の準備を続けた。

翠は本当によい子で、雪花や蓮の指示を素直に聞いてよく動く。特に、蓮からなにかを頼まれるのがよほど嬉しいらしく、気がつけばその後ろをついて回るようになっていた。

これまでは雪花とばかり接していたので、大人の男性である蓮が気になってしょうがないのだろう。

蓮も最初はぎこちない態度だったが、だんだん翠に慣れてきたらしい。「それを持っていてくれ」「助かる」、などと徐々に自然と接することができるようになっていた。

翠はやはり声に出して返事はしないが、うなずいたり身振り手振りで蓮に応えている。

並んでいると、まるでずっと前から一緒にいる親子のようにも見えた。

(それにしても……)

想像していたよりもこちらの話を理解している翠の態度に、雪花はもしかしてと疑問を抱く。子どもに関わった経験はほぼなかったが、どうにも違和感がある。

(翠は見た目よりも大きいのかもしれない)

小さな身体から、よくて五つほどかと考えていたが、手先の器用さや大人の話を理解するような態度を考えると、実際はもっと年齢を重ねているような気がした。

(食事のせいで身体が育っていないのだとしたら)

ずきりと胸が痛む。

たくさん食べさせているが、一朝一夕には身体は育たない。

なにかできることはないかと考えながら手を動かしていると、いつの間にか蓮が横に来ていた。翠は蝋燭《ろうそく》を丁寧に並べている最中だった。

「蓮?」

「翠は、いい子ですね」

染み渡るような声だった。

蓮が翠を見つめる視線には、明らかな慈愛が混じっている。

短い時間とはいえ交流をしたことで、蓮が翠によい意味で興味を向けてくれたのが伝わってきた。

（よかった）

提案したものの、本当は少し不安だった。

蓮は翠に関わるのをためらっていたし、翠も雪花には慣れたとはいえ焔家に来て日が浅く、身体も完全に回復した様子ではない。無理に一緒に作業をさせることで、余計な溝を生んでしまうのではないかと。

それでもこのまま日々を過ごすだけでは、なにも変わらないような気がしたのだ。

「……雪花、ありがとうございます」

突然お礼を言われ、どうしたことかと首を傾《かし》げると、蓮がどこか気恥ずかしそうに目を伏せていた。

「あなたに今日のことを提案されたとき、断ろうかと思っていました。ですが、来てよかった」

「蓮……」

胸を温かくしていると、小さな足音が聞こえてきた。視線を向けると、蝋燭《ろうそく》を並べ終えたらしい翠が小走りにこちらへ駆けてくる最中だった。

褒めてほしいと書いてある表情に頬《ほお》をゆるめていると、あと少しというところで翠の足がもつれた。

「あっ」

思わず手を伸ばしかけた雪花だったが、それよりも先に蓮が駆け寄り、翠の身体を抱きとめる。

その瞬間、翠の手が蓮の腕をわずかにひっかき、血が滲《にじ》んだ。

だが、蓮は気にする様子もなく、翠を軽々と抱き上げる。翠は目をまんまるにして蓮を見つめていた。

「慌てすぎだ。大事ないか？」

おずおずとうなずいた翠に、蓮が眉を下げた。

「気をつけなさい。せっかく雪花が身体を気遣っているのに、怪我をしたらどんなに悲しむか」

はっとした顔をして翠が雪花を見た。怒っている？　とでも言いたげに瞳を揺らしている。

「雪花」

「怪我がなくてよかった」

もし翠が怪我をしていたらと考えるだけで胸が苦しい。

「翠。私はあなたが大好きなの。だから、あなたが怪我をするのはとっても悲しいわ。だから、気をつけてね」

小さな手に自分の手を重ねながら語りかけると、翠がぱちりと大きく瞬いた。

「翠も、雪花が、すき」

「……！」

蓮と雪花は、ふたり同時に息を止める。

たどたどしくはあるが会話らしい言葉を、それもはっきりとした感情を、翠は示したのだ。

声を震わせないようにゆっくりと雪花は唇を動かす。

「……翠は、私のことを好きになってくれたの」

「うん。雪花、やさしい。蓮も、やさしい。翠、ふたりが、すき」

唇をわずかに左右に上げる翠は、笑おうとしているのかもしれない。

目の奥がじんわりと熱を持つ。健気なその姿に、心臓が痛いほどに締めつけられた。

「そう、そうなのね」

雪花はうなずきながら、そんな翠の頬《ほお》に手を伸ばす。

「私も、翠が好きよ」

そう告げると、翠がくすぐったそうに首をすくめながら小さな笑い声を上げた。

（ああ）

この子を手放すなんてできない。

出会ってまだ長くは経っていない。素性《すじょう》だっていまだにわからない。蓮と血なんて繋がっていないかもしれない。

それでも、この愛しい子を決して手元から離してはいけないという気持ちが溢れて止まらない。

ずっとそばにいて、慈《いつく》しんであげたい。

潤んだ視線を蓮に向けると、彼もまた呆けたように翠を見ている。きっと翠に好きだと言われたことに驚いているのだろう。

「蓮」

呼びかけると、蓮がはっとしたように雪花を見た。黒い瞳がわずかに濡れて、答えを探すように揺れていた。

言葉はなくとも、気持ちは同じなのかもしれない。

(きっと、幸せになれるわ)

雪花が蓮に出会って救われたように。蓮が雪花と生きる決意をしてくれたように。

翠と家族として生きていく未来を思い描きながら、雪花は微笑んだ。

その未来が無残にも踏み潰《つぶ》されるなど想像もせずに。

＊＊＊

とうとう清彩節の日がやってきた。

この日ばかりは精霊たちも総出で宴の準備にとりかかってくれている。

蓮や翠も細々とした支度に追われ、霊廟《れいびょう》と母屋を行ったり来たりと忙しい。

そんな中、翠は小鈴とともに食堂の机にちょこんと並んで座っていた。

焔家にやってきて二ヶ月が経ち、今の翠は少し痩《や》せているだけの普通の子どもになった。不揃《ふぞろ》いだった髪も伸び、一度毛先を整えたので、ずいぶんと綺麗に結えるようになっていた。

「翠は小鈴のそばにいるのよ。わかった？」

「わかった。翠、小鈴のそばにいる」

引き合わせて以来、翠と小鈴はすっかりと仲良くなった。小鈴は自分より小柄な翠が可愛くてたまらないのだろう。まるで姉のように翠の世話を焼きたがり、常にそばにくっついている。

翠もまた小鈴にとても懐《なつ》いており、素直に言うことを聞いている。

こんなことなら最初から紹介しておけばよかったと思うほどだ。

「小鈴。準備が終わるまで、翠をお願いね」

「まかせて」

「翠も、お迎えに来るまでいい子にしていてね」

「わかった」

素直にうなずくふたりに安心しながら、雪花は供え物である花餅の仕上げにとりかかった。

花餅は秋の花を模《も》した餅で、この季節の風物詩的なお菓子とされている。日持ちすることもあり、お供えものとしても定番だ。各家庭それぞれに味や見た目に違いがあると雪花が知ったのは、昨年のことだった。

後宮にいたころは、女官であった明心が雪花のためだけに花餅を作ってくれていたが、焔家のものとは味も形もわずかに違ったのだ。

だから今年から雪花は焔家の花餅を作るのだと張り切っている。

最初は形を作るのに慣れず失敗してしまったが、今はずいぶんと上達した。お供えとしても十分だろう。

失敗したいくつかはすでに翠のおやつになっている。

「花餅、おいしいね」

小鈴となにかを語らいながら少し歪《いびつ》な花餅を頬張《ほおば》る姿は愛らしい。

清彩節は今日から四日ほど続くが、儀式を行うのは最初の日だけ。

残りの日は、毎朝、霊廟《れいびょう》に作った祭壇に礼拝をするくらいしかすることはない。

食事は肉や魚をとらず、菜食に徹するのが慣例だが、翠にはこれまで通りの食事をとってもらおうと考えている。せっかく回復しはじめたのに、粗食に戻してまた体力が落ちてしまっては元も子もない。

なにを作っておこうかと考えながらできあがった花餅を皿に載せていると、隣にいた包丁の精霊が翠を見てにこにこと微笑んでいるのが目に入った。

「包丁？　どうしたの？」

「いやね、子どもが家にいるっていうのはいいなぁと思ってさ」

なにかを懐《なつ》かしむような包丁の声に、雪花はわずかに目を見開く。

「子どもは宝だ。そこにいるだけで温かい気持ちになる。いいねぇ」

しみじみと噛みしめるような包丁の言葉に、水瓶の精霊も姿を現わし、うんうんとうなずきはじめた。

（そうか。彼らは、焔家に人がいたころのことを知っているんだ）

焔家の長い歴史の中では、たくさんの嫁御やその子どもたちがいて、この台所に人が溢れていたころもあったのだろう。

精霊は人を好むものだ。包丁たちが懐《なつ》かしむのも当然なのかもしれない。

「早く蓮と雪花の子どもが見たいものだ」

「ああ、見たいものだ」

「……！」

まさかそこに話が飛ぶとは考えていなかった雪花は、ぽっと顔を赤くする。

「気が早いわ」

「なにが早いものか。ふたりは夫婦なのだから、なんの問題もないではないか」

「そうだそうだ」

「もう！」

恥ずかしくなって頬《ほお》を押さえながら、雪花は不意にあることを思いついた。

（そうだ。このふたりは朱柿のことを知っているかもしれない）

どうして今まで考えつかなかったのだろう。

朱柿が焔家を出てからのことばかりに気をとられていたが、ここでの彼女がどんな人となりだったかを聞けば、なにかがわかるかもしれない。そんな予感が頭をかすめる。

「ねえ、包丁。包丁は朱柿のことを覚えている？　蓮の伯父さまの妻だった」

翠に聞こえないように声をひそめて問いかけると、包丁は一瞬だけ動きを止め、うーんと考えこむ。

「朱柿……朱柿……ああ、覚えている」

「本当？」

「少しだけな。ほかの嫁たちはそれなりに歩み寄ってくれたが、朱柿という娘は儂《わし》たちをずいぶん気味悪がっていた。離れに住んでいてな、滅多に母屋には来なかった。精霊が姿を見せるとよく怒っていたなぁ」

「そう、なんだ……」

あの日、小鈴たちを睨《にら》みつけていた朱柿の表情を思い出す。確かに好意的な態度ではなかった。

「焔家の男たちが戦地に行っている間も、引きこもったままだった。よほど嫌だったのだろうな」

「みんな、こんなに優しいのに」

確かに驚きはしたが、怖がる理由などなにもないのにと雪花は眉を下げる。

「まあ精霊に好意的な人間は少ないもんだよ。年月を経て慣れるものはいても、最初から恐れなかったのは雪花くらいだ」

「そうなの？」

「ああ。だから儂《わし》たちは雪花が好ましい。嫁に来てくれて感謝している」

恥ずかしさで、雪花はうつむいた。

朱柿のことを聞くはずだったのに、嬉しい言葉をもらってしまった。

熱くなった頬《ほお》を手のひらで扇《あお》ぎながら、雪花は翠たちに向き直る。

「翠、小鈴。霊廟《れいびょう》に行きましょう」

美しい絵皿に盛りつけた花餅は小鈴が軽々と抱えてくれた。雪花は翠の手を取り、三人並んで歩く。

少し前までは焦がすような日差しが射しこんでいたのに、今の庭園を流れるのは間違いなく秋の風だ。

油断すればすぐに冬がやってくるのだろう。

「清彩節が終わったら、お月見をしましょう。今度は花餅ではなく、花団子を作るのよ」

「それ、おいしい？」

「ええ」

最近の翠は食に目覚めたらしく、食べたことのない食品の名前が出てくると目を輝かせるようになった。

生きる活力が湧いてきたとでも言うのだろうか、出会ったころから比べるとまるで別人だ。

このまま元気で健康に育ってほしいと願ってやまない。

「お月見じゃないと花団子は食べられないの？」

「そうね。でも、冬は雪を眺めながら小豆餅を食べるし、春には梅を模《も》した梅餅があるわ。ほら、あれが梅の木よ。春になったら綺麗な花をたくさん咲かせてくれるのよ」

指さす先にある梅の木はすでに葉が落ちているが、その幹はたくましく立派だ。きっと来春も美しい花を咲かせてくれるだろう。

「わあ、たのしみだね」

その日が来るのを疑ってもいないあどけない声に、愛しさが募る。

（今日の礼拝が終わったら、蓮と話をしてみよう）

叶うならば、翠を正式に引き取って養いたい。

雪花はそう考えるようになっていた。

いずれは手放すべきだと蓮は言った。焔家のような特殊な場所で育つことは子どもによいとは言えないからと。

でも、今の翠は小鈴をはじめ精霊たちともずいぶん打ち解けた。怖がったり忌避《きひ》したりする様子もなく、むしろ仲良く遊んでいるのではないだろうか。

まだ龍厘堂には連れていけていないが、きっと琥珀たちとも仲良くなれる予感がしている。

（困らせるかしら）

蓮がどんな反応をするかを考えると、少しだけ心が重くなる。

だめだと、できないと言われたら、雪花はきっとなにも言えなくなってしまうだろう。そして翠の手を離したことを、一生後悔してしまう。

（ううん。きっと蓮ならわかってくれるわ。蓮だって、翠を可愛がってくれているし）

霊廟《れいびょう》で一緒に準備をしたことをきっかけに、ふたりの距離はぐっと近くなった。

蓮は雪花のように世話を焼くことは少ないが、少し難しい書を読み聞かせたり、言葉の意味を教えたりしてくれている。おかげで、翠はずいぶんと喋りが流暢《りゅうちょう》になってきた。

そんな翠を見つめる蓮の顔には、やはり愛情がこもっているようにしか見えない。

（このまま、一緒に暮らせたらどんなにいいか）

幼い翠のためだけではない。蓮にとっても大事な意味のあることのように思えた。

ふと、翠が来る前に水鏡から「選択」についての予言を受けたことを思い出す。

（翠のことだったのかも）

手放すつもりで育てるのか、それとも一緒に生きていくために育てるのか。

そのふたつは似ているようでまったく違う。

雪花は決意を固めるように、翠と繋いでいないほうの手をぎゅっと握りしめた。

「来年は、一緒にお花見をしましょうね」

「うん」

霊廟《れいびょう》につくと、中ではすでに準備を終えた蓮が雪花たちを待っていた。

「すみません、遅くなって」

「いいえ。ちょうど準備が終わったところです」

「蓮、おはよう」

「おはよう、翠」

ふたりが顔を合わせ、静かにお辞儀をしながら挨拶を交わす姿に雪花は目を細める。

「雪花、あの空いているところに花餅を供えてください」

「わかりました」

祭壇の右端にある空間に絵皿を置くと、まるでずっと前からそこにあったようにしっくりと馴染んだ。

綺麗に配置された祭壇には、さまざまな道具が所狭《ところせま》しと並べられていた。

火が灯されたたくさんの蝋燭《ろうそく》が作り出す影が揺らめき、霊廟《れいびょう》の中を鮮やかに彩っている。

「雪花」

不意に翠が雪花にすがりついてきた。

その表情には怯えが滲《にじ》んでおり、雪花はどうしたのだろうと首を傾《かし》げる。

（もしかしたら、いつもと違う雰囲気が怖いのかしら）

大人にしてみれば大したことのない光景でも、子どもには恐ろしく感じるのかもしれない。

「大丈夫よ。今から、ご先祖さまに感謝をする礼拝をするの。なにも怖いことはないわ」

「……」

じっと霊廟《れいびょう》を見つめる翠の表情は暗い。雪花はそれをなだめるように優しく頭を撫《な》でる。

「安心して。一度見れば慣れるわ。これからは毎年やることになるのだから……」

そこまで口にして、雪花は自分がすでに翠と生きる未来を想像してしまっていることに気がつく。

来年も、そのまた次の年も。こうやって翠と一緒に過ごすことを当たり前に受け入れていて。

「雪花」

呼ばれて顔を上げると、すぐそばに蓮が立っていた。

今の会話を聞いていたのだろう。優しい顔で雪花を見つめてから、膝《ひざ》を曲げて翠と目線を合わせる。

「翠。今からすることは、俺たちの先祖を祀《まつ》る大切な儀式なんだ」

「……先祖？」

「親や、その親など。この命の元になった人たちのことだ」

祭壇へ蓮が視線を向けると、翠もまた祭壇に目を向けた。

「彼らがいたから俺たちはここにいる。自分の祖を祀《まつ》ることは、今に感謝をするための大切な行事なんだ」

「……翠の『せんぞ』も、ここにいるの？」

蓮の身体がびくりと震えた。その答えはまだ見つかっていない。

「それは……」

言葉を探すように視線をさまよわせる蓮の姿に、ああ、この人はたとえその場限りでも子どもに嘘をつきたくないのだと感じた。

「翠」

優しく誠実な夫を助けるため、雪花も蓮に倣《なら》い身体を屈めて翠と目線を合わせる。

「この霊廟《れいびょう》に私の先祖はいないのよ」

「そうなの？」

驚いたのだろう。翠が目をまんまるに見開く。

「そう。私は蓮と結婚して、焔家の人間になったからね。でも、私は蓮が生まれてきてくれて嬉しいから、こうやって先祖に祈りを捧げられることが嬉しいの」

雪花も昔はこの行事の意味がわからなかった。なぜ、今を生きる人間が過去に祈りを捧げるのか。

だが、蓮と出会い、愛し愛される喜びを知った今だからこそわかる。愛しい誰かがこの場所にいるのは、その血脈が紡いできた歴史があるからこそなのだと。

「まだ少し難しいかもしれない。だからこう考えて。今日のこの祈祷《きとう》は、蓮の母君に捧げるものだって。蓮を産んでくれてありがとうって」

「……雪花」

感極まった声に呼ばれ顔を向ける。蓮が、目元を少しだけ赤くして雪花を見つめていた。

恥ずかしくなってぎこちなく笑うと、なにかを噛みしめるように蓮の表情が歪《ゆが》んだ。

一度は途絶えさせようとさえ思った焔家の先祖を祀《まつ》ることに、蓮もまた迷いがあったのかもしれない。あえて、両親でなく母親のことだけを挙げたのは、雪花にできるささやかな配慮だった。

「それなら、できる」

「翠」

小さな手が、雪花と蓮の服をゆるく掴んだ。

その顔に先ほどまでのような恐れは浮かんでいなかった。

幼いながらに、なにかを理解してくれたのだろう。

「……それでは祈祷《きとう》をはじめよう」

静かに立ち上がった蓮が祭壇の前に立った。

こちらに向けられた背中は広くたくましいのに、今すぐにすがりつきたくなるような儚さがある。

蓮の心に巣食う葛藤に自分は寄り添えているのだろうか。無力感が心を刺す。

「雪花、翠。俺の後ろにいなさい」

「はい」

促された雪花は、翠の手を引いて蓮の後ろに並んで立つ。

真っ直ぐに前を向く翠の強さが頼もしく、雪花は背筋を正して霊廟《れいびょう》に向き合った。

間を置かず、蓮が祝詞を読み上げはじめる。

普段の蓮が発する声とは音色や調子が異なり、まるで別の人が読んでいるように聞こえてしまう。

清廉《せいれん》な空気が霊廟《れいびょう》を満たし、身体からなにかが剥がれ落ちていくような感覚に包まれた。

不思議なことに蝋燭《ろうそく》の炎が大きく燃えあがり、霊廟《れいびょう》の中を明るく照らした。

これまで焔家が重ねてきた年月に思いを馳《は》せる。

(どうか、蓮や翠をお守りください)

平和な日々を過ごせるようにと祈りをこめながら、雪花は目を閉じたのだった。

＊＊＊

無事に儀式を終えた三人は、龍厘堂へ来ていた。

今日この日こそ、翠に音楽を聴かせるのがふさわしいという思いつきからだった。

「ふたりともここに座っていてね」

堂前に作り付けられている演奏用の舞台前に蓮と翠を座らせた雪花は、愛月琴である月琥珀《ツキコハク》を抱えそこに上がった。

それを合図に琥珀やほかの精霊たちが集まりはじめ、一気に賑《にぎ》わいを見せる。

翠は周りを興味深そうに見回し、瞳を輝かせている。

(……よし)

深く息を吸い、吐き出す。

目を閉じながら弦に指を乗せた瞬間、雪花の世界から音が消えた。

奏でるのは、この焔家に嫁いできて最初に琥珀に教わった曲だ。習いたてのころは音を拾うので精一杯だったが、今は違う。調べにこめられた想いや願いを想像し、ひとつひとつの音に乗せるように意識を向ける。

薄く目を開くと、舞台前に座った翠が大きく目を見開き雪花を見つめていた。その横では、蓮が愛しげに目を細めて微笑んでいる。

（ああ）

雪花の演奏を楽しんでくれている。精霊たちも皆、うっとりと微笑みながら調べに身を委ねているのが見えた。

多幸感に胸を満たしながら演奏を終えると、精霊たちから惜しみない拍手が向けられた。

翠も、小鈴たちを真似て必死に手を叩いてくれている。

「雪花、とても素晴らしかったです」

「すごいね、雪花、すごいね。とってもきれい」

「ありがとう」

ふたりの言葉が心に染み渡るようだった。

演奏を終え、雪花は翠を龍厘堂の精霊たちに紹介すると、みんな翠を温かく迎え入れてくれた。

特に翠は琥珀を気に入ったらしく、しきりに話しかけていた。

「琥珀、あの月琴なんだよね。すごいね。翠も雪花みたいにやってみたい」

「お前さんにはまだ大きすぎる。最初はほかの楽器などどうだ」

懐《なつ》かれて悪い気はしないのだろう。琥珀は翠を伴い、龍厘堂の楽器たちを紹介していた。

「ああ、ずるいよ琥珀。小鈴も！」

頬《ほお》を膨らませた小鈴がそれを追いかけている。

蓮と並んでその光景を見つめていた雪花は、微笑ましさに目を細めた。

「翠、本当に元気になりましたね」

「雪花のおかげだ」

「いいえ」

静かに首を振った雪花が蓮を見上げる。

「あなたが私を大切にしてくれたから、私も翠を慈《いつく》しめた。それに、蓮だって翠を大切にしてくれたわ」

「雪花……」

「蓮。お願いがあります。翠をこのままここに置いておいてほしいの」

子どもらしい翠の笑い声が龍厘堂に響いていた。

「無理を言ってるのはわかってる。でも、翠を手放したら私たちはきっと後悔する。あの子も、また捨てられたと、きっと傷つくわ」

手放されたという傷は二度と消えない。

たとえそのあとどんな幸せを得ても、心の中には残り続ける。

「精霊たちも翠とあんなに仲良くなった。翠は、ここにいてもきっと大丈夫です」

そうであってほしいと願いをこめ、雪花は希《こいねが》った。

「……そうかも、しれません」

はしゃぐ翠を追いかけていた蓮の目線が、雪花に向けられる。

「あの子は……翠は、ここで育てるべきなのかもしれない」

「蓮……！」

「大切なものが増えるのが俺は怖かった。もし失ってしまったら耐えられないと……だが、雪花が霊廟《れいびょう》で母を悼《いた》んでくれたとき、このままではだめだと思った。俺も、変わるときが来たのだろう」

黒曜石のような瞳がわずかに煌《きら》めき、雪花を真っ直ぐに見つめる。それから蓮は、懐《ふところ》からなにかを取り出した。

それは翡翠《ひすい》でできた玉飾りだった。黒と金で紡がれた組み紐で彩られており、紐の先には小さな鏡がついている。

　精巧なそれに雪花は目を奪われる。

「これは……？」

「母の形見です。父が、母に贈ったものです。その前は、父の母……俺の祖母が持っていた。焔家の妻を守る大切な宝珠と言われています。玉は邪気を払い、鏡は真実の姿を映し出すと言われています」

　代々焔家の嫁御に引き継がれている宝なのだろう。

　そんな大切なものをなぜ、と雪花が瞬くと、蓮はふわりと微笑みながら、雪花に玉飾りを握らせた。

「本当はもっと早く渡したかったが、勇気が持てなかった。あなたは間違いなく私の妻だ。だが、焔家の嫁としてこの家に縛り付けていいのかと、ずっと迷っていたんだ……」

　玉飾りとともに手のひらを包みこまれる。

「でも悩むのはやめた。俺は、君とこの家を守っていく」

　胸の奥から熱いものがこみ上げた。返事がうまくできず、情けなく何度もうなずくことしかできない。

　蓮がどれほど自分を愛してくれているのかが伝わってくる。

愛してくれているからこそ、蓮はずっとためらっていたのだろう。雪花を自分の妻としてではなく、焔家の嫁として扱うことで、この家に深く縛り付けてしまうことを。翠を引き取らないと言っていたのも、焔家という長い歴史にあの子を組みこむべきか決めかねていたのだと。

深すぎる愛情に、胸が詰まる。

「家族になりましょう」

恋人であり、夫婦であり、家族として生きていく。蓮は、その覚悟を決めてくれた。

「翠と、蓮と、私と、そして精霊たちと一緒に」

「ええ……」

この玉飾りはその誓いの証なのだろう。しっかり胸に抱くと、蓮がほっとしたように眦《まなじり》を下げた。

「受け入れて、くれるのですか」

「ええ。むしろ、私はとっくにこの焔家の嫁のつもりでいましたよ。蓮だってそう言ってくれたじゃないですか」

蓮を支え、命を繋いで、ずっとここで生きていくと覚悟していたのに。

「蓮は、私がいつか逃げ出すと思っていたんですか？」

「……俺があなたを連れて逃げるつもりだったと言ったら驚きますか」

「まあ！」

そんなことを考えていたなんて、と目を丸くすると、蓮が気まずそうに目を伏せた。

「この焔家を封印し、あなたと外の世界を見てまわろうと……そのために、仕事をはじめました。旅にはお金がかかりますからね」

ずっと忙しくしていた本当の理由を知って、驚きから口まで開いてしまう。

「でも、翠がいてはそうはいかないでしょう」

「だから手放すつもりだったのですか？」

「ええ。一緒に連れていくのも考えましたが、小さな子に旅は過酷だ。育つまで待っていたら、きっと未練が残ってしまうから」

「……蓮」

「俺はあなたに外の世界を知ってほしかった。焔家に囚われてほしくなかったのに」

「私は囚われるなんて思っていません。あなたを作ってくれたこの焔家を、一緒に守っていかせてください」

「雪花」

「でも、旅には行きたいです。もちろん翠を連れて」

だから、家族になりましょう、ともう一度告げると、蓮は静かにうなずいてくれた。

「じゃあこれからはもっと頑張らないといけませんね。翠にはもっと健康になってもらわないと」

「ええ……翠についても、もう少し調べておくべきでしょう。朱柿が余計な口を挟めないように」

朱柿の名に、雪花は眉根を寄せた。蓮の表情もどことなく険しい。

「なにか、わかったんですか」

「少しだけ。朱柿が嫁入り先で子どもを産んだという話は以前しましたね」

「ええ」

「調べたところ、その子どもは生まれてすぐに命を落としたようです。つまり、もし朱柿が産んだ子が伯父の子どもだったとしても、その子が子どもを産めるはずがないのです」

「じゃあ……翠は、やはり焔家では」

「違います。あの子は我が家とは無関係だ。それに、朱柿とも血が繋がっていない。朱柿は、新しい夫との間に子どもを産んではいない。新しい夫とはかなり折り合いが悪かったようだ」

蓮に身内がいてほしかったのにそうではなかった残念さと、翠が血の繋がった家族から虐げられていたわけではない安堵《あんど》が、ない交ぜになる。

「婚家が絶えていることを考えると、夫側の身内かもしれません。引き取ったはいいが、育てきれなくなったのかもしれない」

　死んだ夫の身内の子。それを朱柿が持て余し、焔家に押しつけようと考えたのだとしたら、つじつまは合う。

「このままなにもしてこない可能性もありますが、翠が元気に育っていると知ってなにかを要求してこないとも限らない。陛下に頼んで正式に翠を焔家の養子に迎えておこうと思います」

「それがいいと思います。陛下もきっとお許しくださるはずだわ」

　優しい普剣帝のことだ。事情を説明すれば理解してくれるだろう。

「陛下が認めたとなれば、朱柿があとからなにかを言ってきても取り消せないですからね。陛下に頼みごとをするのは不本意ですが」

　ほんの少し拗《す》ねたような顔をする蓮に、雪花は小さく笑う。

　普剣帝と蓮は年齢や立場は違うが、友人だ。個人的な頼みごとをするのはためらわれるのだろう。

　本当に誠実で真面目な人だと感じる。

　雪花は蓮の身体に身を寄せた。

　その瞬間、蓮の腕に巻かれた包帯が目に入る。

「……その傷、まだ治らないのですか」

そこは数日前、翠の爪で傷ついた場所だ。

「ああ。汗をかくせいか少し膿《う》んでしまってね。小さい傷だが、翠が見て気にするよりはと」

「そう……」

あとで傷薬を塗ってあげようと考えながら、雪花は遊びまわっている翠に目を向けた。

「早速翠にも教えてあげましょう。これからも、ずっと一緒だって。きっと喜ぶわ」

これまで翠には、一緒に生きていこうと明確には伝えられていない。

もし約束を守れなかったとき、傷つけたくなかったから。

でも、蓮がもう心に決めたのならばためらう理由はなかった。

「翠、おいで」

小鈴たちとじゃれていた翠を呼ぶと、まるで子犬のようにこちらに駆けてくる。

「なあに、雪花」

「ねえ、翠。もし翠がよければだけど、これからずっとここで暮らしてほしいの」

小さな瞳がまんまるになった。頬《ほお》がほんのりと赤く染まり、両手でぎゅっと自分の胸のあたりを掴んで、はくはくと唇を開閉させている。

「蓮と、私の子どもになって」

「いい、の？」

「もちろんよ」

「うれしい。翠、嬉しい！　雪花と蓮とずっと一緒？　小鈴も、琥珀も？」

「そうよ。ずっと一緒よ」

「わぁい！」

ぴょんと跳ねる翠に、雪花も頬《ほお》をゆるませる。

その手を取ろうと手を伸ばした瞬間、先ほど蓮から渡された玉飾りについていた組み紐が大きく揺れ、鏡が光を反射して煌《きら》めいた。

鋭いほどの光が、翠の顔を照らす。

「アアアッ！」

眩しかったのだろうか。翠が光に触れた部分を押さえ、引き攣《つ》れた悲鳴を上げた。

「いたいいたいいたい……いたいいいい」

「翠⁉」

小さな身体を折り曲げ甲高い声で叫ぶ翠。その姿は尋常ではない。

「翠、どうした。しっかりしろ」

ただごとではないと気がついた蓮が翠を抱きかかえようとするが、どうしたことかその身体を捕まえられないでいる。

そのうちに、翠はまるで逃げるように龍厘堂の出入口に向かって走り出した。

雪花と蓮はそれを慌てて追いかける。

外に出ると、先ほどまで雪花が月琥珀を演奏していた舞台に立つ翠の背中が見えた。空を見上げ、なにかを得るように手を伸ばしている。

「翠？」

ゆらりと小さな身体が揺れ、振り返った。

「……‼」

喉の奥から悲鳴が漏れる。

隣に立つ蓮も、低く呻《うめ》いたのが聞こえた。

「なぜ……そんな気配はなかったのに」

「ひどい……」

翠の顔に、赤文字が浮かんでいた。

ぼんやりと輝く赤は鮮血のようだ。その文字を読むことはできないが、禍々《まがまが》しい気配だけは伝わってくる。

（これって）

その気配を雪花は知っていた。

雪花の身体を奪った刃。腕につけられた腕輪。記憶に焼き付いた恐怖が身体をすくませる。

「呪い……？」

信じられない。これまで翠にそんな気配はなかった。

蓮を見上げると、彼もまた信じられないというように目を見開いている。

翠の瞳は雪花たちを見ているようで、どこも見ていない。ただぼんやりと空中を見つめ、その場に立ち尽くしていた。

今すぐ助けなければと駆け出そうとした雪花だったが、蓮に腕を掴まれる。

「いけません雪花。あの呪いがどんなものかわからないのに近づいては」

「でも……！」

苦しんでいる様子はない。だが、雪花は知っている。呪いに身体を蝕《むしば》まれる苦しさを。

自分の意志ではないなにかに突き動かされ、大切な人を傷つけてしまう悲しみを。

翠にそんな思いをしてほしくない。

（どうして）

あんな小さな身体に呪いを受けるなんて。

「これは一体どうなっている！」

「どうしちゃったの翠！　なんで呪われているの！」

駆けつけた琥珀と小鈴もまた、翠の変化に驚いているのがわかる。

「お前たちも気がつかなかったのか」

「一切な。精霊にも気取られぬ呪いなど聞いたことがないぞ」

琥珀の表情には明確な恐れと怯えが滲《にじ》んでいた。小鈴も怖いのだろう。雪花の背中に貼りついている。

「蓮、あれは一体……」

「……わかりません。俺も、あのような歪《いびつ》な呪いは見たことがない」

「そんな……」

蓮にすらわからないものをどうすればいいのか。

雪花の腕を掴む蓮の手が、わずかに震えていた。そこから伝わってくる焦燥感と怯えに、これがただごとではないのが伝わってくる。

（翠）

赤い文字が、袖《そで》から覗く手首にも浮かんでいるのが見えた。

「あの文字はなんなのですか……あんな、おぞましい……翠は、翠は……」

見た目ではわからないが、翠が苦しんでいるのだとしたら。ようやく笑えるようになったあの子が苦しんでいるのだとしたら、どうすればいいのだろうか。

「雪花、琥珀たちのそばに。決して動かないように」

「蓮！」

後ろに追いやられるように押される。琥珀に抱きとめられた雪花が顔を上げたときには、蓮は琥珀に向かって真っ直ぐに駆け出していた。

その手にはなにかが書き付けられた札が握られている。

「蓮！　翠！」

「落ち着け。蓮の腕前を信じろ」

「琥珀！　翠はどうしたんですか？　あんな……これまでなんともなかったのに」

あまりにも突然だ。蓮やこれだけの精霊に囲まれていたのに気づかれない呪いなどあるのだろうか。

「……おそらくはその鏡だ」

「え……？」

琥珀が指さしたのは、雪花が蓮からもらったばかりの玉飾りにつけられた小さな鏡。手のひらに収まるほど小さな鏡面を見つめ、雪花は息を呑む。

「これは大昔の焔家当主が妻のために作った品だ。焔家は力が強い道士が多いゆえに、その身内は悪しき者に狙われやすい。だから、悪意をはじく玉飾りと邪悪なものを見抜く鏡を持たせた」

まさかそんな由縁のあるものだったとは。驚きながら玉飾りを見つめると、翡翠《ひすい》の部分がわずかに発光していた。

「じゃあ、この鏡に映ったせいで翠が？」

「……わからん。これまであの男童からはなんの邪気も感じなかった。奥底に封じられていたのか、それとも時を待っていたのか……」

「助かるのよね。翠は、大丈夫よね？」

「……」

琥珀は答えてくれなかった。

再び翠へ視線を向けると、今まさに蓮の腕がその身体に伸びた瞬間だった。

逃げることも抗うこともなく、翠はただその場に立ち尽くしている。

その頬《ほお》に、蓮が札を貼りつけた。

——……‼

遠くでなにかが叫ぶような音が確かに聞こえた。だがそれはあっという間に消えてしまう。

次いで翠の身体が、がくりと崩れ落ちた。その頬《ほお》に浮かんだ赤い文字はそのままだが、先ほどまでのような不気味な輝きは消えている。

「翠！」

蓮の腕が、小さな身体を抱きかかえた。だらりと力なく垂れ下がった細い腕に、雪花の血の気を引く。

琥珀の腕を振り払い、雪花はふたりのもとに駆け寄った。

「蓮、翠は、翠は……！」

「落ち着いて。気を失っているだけです」

蓮にすがりつくようにして翠の顔を覗きこむと、言葉通り目を閉じてすうすうと規則正しい寝息を立てているのがわかった。

赤い文字は痛々しいが、顔色は悪くない。禍々《まがまが》しい波動ももう感じなくなっている。

「どうして……」

その頬《ほお》を撫《な》でようとした手は、蓮によってやんわりと拒まれる。

「呪いの正体が知れない今、雪花は触れないほうがいい」

「でも」

「お願いだ。あなたにまでなにかあったら、どうするんだ」

切実な声に、雪花は大人しく従うしかなかった。

そのまま翠の身体は客間に運ばれた。

どんなに呼びかけても返事をすることはなく、ただ静かに眠り続けるだけだった。

横たわった翠の身体に、蓮は新しい札をいくつも貼りつけていく。あまりに痛々しい見た目に雪花は目を逸らした。

「魔封じの札です。これを貼っておけば、呪いはこれ以上進行しません」

「……これは、どんな呪いなんですしょうか」

「わかりません。とても強力なものであること以外はなにも……」

無力感を噛みしめるように目を伏せた蓮の身体に、雪花は身体を寄せる。

「とにかく文献を調べてみます」

うなずくことしかできなかった。道士の仕事に関して、雪花は無力だ。

「わかりました……」

こう答えつつも、雪花は翠の寝台の近くに椅子を運び、そこに腰掛けた。

「翠が目覚めるまで、ここにいさせてください」

気がついたときにひとりだったら、きっと翠は悲しむ。

触れることはできないが、そばにいてやることはできる。

「……雪花」

「蓮、お願いです。翠を助けてあげて」

「ああ」

力強くうなずいた蓮に、雪花は瞳を潤ませたのだった。

＊＊＊

それから二日。翠は昏々《こんこん》と眠り続けた。

水を求めわずかに目を開け身じろぎする瞬間はあるものの、意識が混濁《こんだく》しているのか声をかけても反応はない。

雪花はそんな翠のそばから離れず、水差しで水を飲ませてやり、布で額をぬぐってやった。

「休んで雪花。このままじゃ、雪花が倒れちゃうよ」

「そうだ。蓮が呪いについて調べておる。お前が倒れれば、蓮がどうなるか」

小鈴やほかの精霊たちが何度声をかけてきても、雪花は首を横に振った。

「もし私が目を離した隙に翠になにかあれば、私はきっと悔やむわ。大丈夫、これでも休めるときには休んでいるし、平気よ」

「だめ。ちゃんと横になって眠って。雪花、ひどい顔色だよ」

「小鈴……」

ひんやりした小さな手が雪花の手を引く。

労《いたわ》ってくれる優しさに泣きそうになりながらも、やはり雪花はうなずかなかった。

「蓮は、どうしているの……？」

「皇城に行ってる」

「城に？」

「うん。あそこには古い呪いにまつわる文献もあるからって。それとなにかを受け取りに行くって」

一体なんだろうと思いながら、雪花はここにいない蓮に思いを馳《は》せる。

翠をここに運んだあと、蓮は必ず翠を助けると言って呪いについて調べ続けてくれている。

『今は、護符で呪いを止めていますが、効果が切れればまた翠の身体を蝕《むしば》んでしまう』

小さな身体に浮かんだ無数の赤い文字は見たこともないもので、雪花に読むことはできなかった。蓮もまた、見覚えはないという。

『きっとなにか方法はあるはずです。泣かないで』

今の雪花には蓮のことをただ信じるしかなかった。

「翠」

出会ったときよりも艶《つや》を増した髪をじっと見つめる。もう少し伸びたら、切り揃《そろ》えてあげるつもりだった。柔らかく膨らんだ頬《ほお》は赤く、肌もみずみずしい。少し痩《や》せてはいるが、普通の子どもと比べても遜色《そんしょく》ないくらいには健康になった。

これからだ。これから、幸せになるはずだったのに。

目の奥がつんと痛んで、涙が滲《にじ》みかけた。

「雪花。やっぱり少し休もう。翠のことは小鈴が見てる。なにかあったら絶対呼ぶから」

頼むから休んでくれと必死に詰め寄られ、雪花はとうとう翠のいる客間から追い出されてしまった。

這うように自室に戻り寝台に横になった瞬間、その意識は闇へ落ちた。

＊＊＊

そこは真っ黒な箱の中だった。

狭《せま》くて蒸し暑くて、呼吸をするだけで苦しくなる場所だった。

膝《ひざ》を抱え身を縮こまらせて、息をひそめて耐え忍ぶ。

──動いてはいけない。見つかったら大変なことになる。

切迫した声だった。絶対に誰にも見つかってはいけないと思った。

そうしなければ命はないのだと言われた。

箱の外にはたくさんの人がいるらしい。

叫ぶ声、鳴く声、なにかを懇願《こんがん》する声。

だがその声たちは次々に消えていき、いつしか静寂だけが箱の周りを包む。

嫌なにおいが鼻を刺す。ひんやりとしたなにかが箱の中に流れこんでくる。

――たすけて。

我慢できなかった。このままここにいることなんてできない。

小さな手で箱を押し開ける。

真っ黒な世界に射しこむ鮮烈な光に目を細めた。

ようやく見えた外の世界は――深紅に染まっていた。

＊＊＊

「っ……‼」

「雪花、どうしました」

「……夢？」

ぼんやり周りを見回すと、そこは見慣れた自分の部屋だった。

どうやら眠っている間に、夢を見ていたらしい。

悲しくて恐ろしくてたまらなかったことだけは覚えている。全身が汗みずくで、服が肌に貼りついて気持ちが悪い。ひどく頭が痛く、視界は涙で揺れていた。

「ひどくうなされていました。大丈夫ですか」

寝台に横たわったままの雪花を見下ろす蓮は、ひどく驚いた様子だ。目の下にはうっすらと隈ができており、ひどい顔色だった。

「……蓮のほうこそ、大丈夫？」

「俺のことはいいんです。起き上がれますか」

「ええ……」

上半身を起こすと、大きな手のひらが額をぬぐってくれた。

「着替えないと……」

このままでは風邪を引くと考えながらも身体が重く、動かない。

頭になにかもやがかかったようにぼんやりとしている。

「雪花？　大丈夫ですか」

「……少し、疲れたのかもしれません」

ずっと翠のそばにいたことで気持ちが張り詰めていたのだろう。夢見が悪かったのもそのせいだ。でも。

（なんだったのかしら、あの夢）

怖いほどの生々しさがあった。ざらついた箱の感触や、生ぬるい温度や嫌なにおいもまだ思い出せる。まるで、何度も夢に見た母の最期のような鮮烈さがあった。

過去にあったことだろうかと思い返してみるが、雪花の記憶にあのような場面はない。

「どうかしたんですか」

「なんだか、悪い夢を見て……」

雪花は素直に夢の内容を口にする。

箱の中でなにかから隠れるように怯えていたこと。外から聞こえた人々の声。深紅に染まっていた世界。

黙って話を聞く蓮の表情がどんどん曇っていくのがわかる。なにか悪い話をしてしまったのかと雪花が不思議に思っていると、蓮が長い息を吐いた。

「蓮？」

「……とにかく一度着替えましょう。そのままでは身体にさわる」

「そう、ですね」

蓮に手伝ってもらい着替えた雪花はようやく人心地ついた。

机につくと、温かなお茶が差し出される。身体の芯まで温まるような優しい味に、ほうっと息を吐いた。やわらかな香りに夢の記憶がゆっくりほぐれていく。

「落ち着きましたか」

「はい」

机を挟み向かいの椅子に座った蓮の問いかけに、雪花は静かにうなずく。

どうしたことか探るような視線を向けられ、居心地の悪さに首を傾《かし》げていると、蓮がゆっくりと口を開いた。

「雪花。あの玉飾りは持っていますか？」

「？　ええ」

懐《ふところ》から玉飾りを出して蓮に見せる。翠が倒れたあの日から、肌身離さず持っているように言われ、ずっと懐《ふところ》に入れていたのだ。

「よかった。絶対に手放さないでください。それがなければ、あなたも翠の呪いに蝕《むしば》まれる可能性がある」

「そんな」

「先ほど見たという夢がその証拠です。翠のそばにいたことで、影響を受けたのでしょう」

「……どういう、ことですか」

嫌な予感に鼓動が速まる。

わずかに顔を伏せた蓮からはいつもの穏やかさを感じない。なにかに疲れきっているようなその姿にたまらず手を伸ばした。机に置かれた彼の手に触れると、なにかに怯えたようにびくりと震えたのが伝わってくる。

「翠の呪いの正体がわかりました」

「じゃあ、翠は助かるのですか！」

蓮が静かに首を振った。

「翠にかけられた呪いは、通常のものではない。今のままでは解呪できない」

蓮の瞳が、苦しげに雪花を見つめる。

「あの呪いは、翠の魂に焼き付いている。すべては朱柿の仕業だ」

「そんな……！」

低く唸《うな》るような声で語られた真実に、雪花は悲鳴めいた声を上げた。

「陛下が、すべて調べてくれていました」

雪花には隠されていたが、蓮は翠についての調査を普剣帝に依頼していたのだという。いずれは焔家の養子に迎えたいという意思を含め、相談してくれていたのだ。

ふたりの子になるのならば我が子も同然だと、普剣帝は配下を使って翠の出自を調べてくれた。

そうしてわかったのは、雪花も想像できないほどの凄惨《せいさん》な過去だった。

「禄家が病で潰《つい》えたというのは、悪評が広がらないように親族が作り上げたでっちあげでした」

焔家から生家に戻った朱柿は、禄家という豪商の家に嫁いだ。その家の主人は見目麗しい美男だが、女遊びがひどかったという。

朱柿が嫁いだときにはすでに大勢の使用人に手をつけていた。子を産んだ女もいたそうだが、後継ぎとなる男児はまだいなかった。

「生き残っていた使用人を見つけて話を聞いてきました。朱柿は、夫や舅姑《きゅうこ》から男子を産めと毎日のように追い詰められていた、と」

幸いにも嫁いで半年ほどで朱柿は身籠《みご》もった。だがそれは死産だったという。

「女の子だったそうです。夫たちは朱柿を慰《なぐさ》めるどころか、子の墓さえ建てさせなかった」

「そんな」

想像するだけで胸が潰《つぶ》れそうだった。我が子を弔《とむら》えないなんて、と。

そこで雪花はあることに気がついた。

(あれ……?)

「では、朱柿が焔家の子を産んだというのはやはり嘘だったのですか」

「そのことなのですが……使用人の話では、朱柿はひとりで子どもを弔《とむら》ったあと、奇妙なことを口走っていたとか」

「奇妙なこと？」

「ええ。死んだ子が前の夫の子だから、墓に入れてもらえなかったのだ、と」

「……！」

「我が子の死を悲しまなかった夫を受け入れられず、朱柿は死んだ子は伯父の子だったのだと思いこもうとしたのでしょう」

朱柿の子の父は、禄家の夫で間違いなかったそうだ。それでも、朱柿はそう思わなければ心がもたなかったのだろう。

その後も朱柿は何度か身籠《みご》もったが、最初の死産の影響か、どの子も産み月までもたず、流れたという。

「禄家はあからさまに朱柿を冷遇したそうです」

身の置き場がなくなった朱柿は、家に帰してほしいと懇願《こんがん》したが、禄家はそれを許さなかった。朱柿の生家も二度目の出戻りは許してくれなかったそうだ。

夫は若い妾《めかけ》を迎え、たくさんの子どもを産ませた。だがなんの因果か、生まれてくる子はすべて女児だったという。

「そのうちにどこからか養子をとるほかないという話になりました。そこで選ばれたのが、朱柿の甥《おい》だったそうです」

高貴な血筋を欲していた禄家にとっても、末の息子の将来を案じていた朱柿の生家にとっても、渡りに船の話だった。

禄家は朱柿に対する扱いを改め、朱柿は迎える養子の養母としての立場を得ることが決まった。

それで丸く収まる、はずだった。

「だが、七年前。ある妾《めかけ》が男児を産んでしまった」

「……まさか」

「ええ、それが翠です」

養子のことがまとまりかけた矢先のことだったそうだ。

禄家はようやく生まれた直系男子の可愛さに負け、手のひらを返すように養子の話を白紙に戻した。禄家は妾《めかけ》を妻にするために、朱柿に離縁を告げたという。

だが、朱柿には行き場がなかった。生家は禄家のやりように激怒しており、朱柿にも絶縁を突きつけたのだ。

結果として、朱柿は禄家に使用人として留まることになった。かつての夫や姑《しゅうとめ》は、朱柿をひどく虐げたという。

ひどすぎる話だ。朱柿にはなんの非もない。周囲の思惑に翻弄され続けた、あまりにも悲愴な過去。

「そんな、ことって……」

「使用人によれば、朱柿はずっと死んだ伯父……いや、自分を追い出した焔家への恨みを口にしていたとのことです。捨てられたゆえに、不幸になった、と」

「……！」

もはや言葉が見つからなかった。

「父は、よかれと思って伯父の妻たちを生家に帰しました」

「そう、でしたね」

二十年前。蓮の父は戦死した伯父たちの妻を解放する道を選び、彼女たちを自由にした。

「だが、その選択が間違っていたのだとしたら……」

眉間に深い皺《しわ》を刻む蓮は、肌の色が変わるほど強く拳を握りしめていた。

「蓮のお父さまはなにも悪くないわ……！　だって、朱柿は精霊たちと折り合いが悪かったのでしょう？」

包丁の精霊が聞いた話では、精霊を嫌って離れに引きこもっていたのだ。焔家にいろというほうが酷だったろうに。

まさか焔家を出たあと、彼女がそれほどの不幸に見舞われるなど誰が想像できただろうか。

「ええ。ですが……人の心はわかりません。朱柿が本当はなにを望んでいたのか……

今となってはわかりません」

「……それは、そうですが……」

「とにかく、朱柿は我が家を恨んだ。そうしなければ心を保てなかったから。それが、凄惨《せいさん》な事件を生んでしまったんです」

「事件……?」

どくりと心臓が嫌な音を立てて跳ねる。

「朱柿は、夫を殺しています」

「……!」

「夫だけはない。翠の母親や、姑《しゅうとめ》を手にかけています」

それは今年の初め、新年を祝う席で起きたという。

「な、どうして……どうやって、そんな……」

朱柿は痩《や》せた女性だった。ひとりならまだしも、たくさんの人間を殺せるようには見えなかった。

「毒を盛ったそうです」

料理を任されていた朱柿が、祝いの膳《ぜん》に毒を仕込んだ。

もちろん、その毒で殺すこともできただろう。だが、朱柿が選んだのはそれ以上に残酷な手段だった。

「毒で動けなくなった彼らを、朱柿は刺殺したそうです」

その場から逃げ出した使用人が、毒で苦しむ焔家の主人に刀を振りおろす朱柿を目撃していたのだという。

胃の腑《ふ》から苦いものがせり上がってくる。

なんておぞましく凄惨《せいさん》な出来事だろうか。殺意を抱くほどに追い詰められた朱柿。命を奪われた禄家の人々。

誰にどんな感情を抱けばいいのかわからなくなる。

「最悪なのはそこからだ。朱柿はあろうことか、人の命を奪う道具として我が家から持ち出した守刀を使ったようなのです」

「守刀？」

「俺があなたに渡したその玉飾りと同じ、悪しきものを払う力をこめた刀です。伯父が結婚の祝いに贈ったと伝え聞いています」

なぜ、朱柿はずっとそれを持っていたのだろうか。雪花の胸の奥がぎゅっと痺《しび》れる。

「守刀には強い力がこめられています。だが、それが血を浴びたことで呪具に転じてしまったに違いありません」

呪具。精霊の魂を歪《ゆが》め、人の身体すら操る恐ろしい道具の名前。

どくどくと心臓が大きく脈打ち続ける。冷や汗が額から滴り落ちた。

「どうしてそう思うのですか？」

その場にいた使用人が見たといっても、呪いのことなど知らぬはずだ。朱柿が使ったものが焔家の守刀であったことも、それが呪具に転じたこともわかりはしないだろう。

「翠の顔に浮かんだあの文字は、本来ならば人を守るための古代文字が反転したものでした。だから俺も精霊たちも読めなかった……皇城にある資料でようやく見つけたのです。本来、人を守護するためのまじないが、血を浴びたことで変化したことがあったと」

まじないが呪いに変わるほどの血。想像するだけで身体が凍るようだった。

「人を守るための言葉がねじれて反転すれば、それはもはや呪いなのです。かつて朱柿を守っていたまじないが、怒りと人の血により歪《ゆが》んでしまった。そしてなんらかの呪いに転じたのでしょう」

「でも、その呪いがどうして翠に？　そもそも、翠はどうして助かったのですか？」

朱柿がなぜ翠だけを助けたのかがわからない。

「……その場から逃げた使用人が、とっさに翠を部屋にあった葛籠《つづら》に隠したと証言しています。男手をかき集めて戻ったときには禄家の人々は皆死んでいて、朱柿もいなくなっていた。そして葛籠《つづら》に隠したはずの翠も、消えていた」

「葛籠《つづら》……」

ぞわりと肌が粟立《あわだ》つ。

狭《せま》くて暗い箱の中。その外で起きた凄惨《せいさん》な事件。

「もしかして……私が見　た、夢って」

「翠の記憶でしょう。あの呪いは、悲しみや恨みの気持ちを媒介にして広がっていくものだから……翠のつらい過去に、あなたは共振してしまったのだと思います」

引き攣《つ》れた悲鳴が零《こぼ》れた。

夢の中で感じた苦しさと絶望が一気に蘇る。

幼い翠が見た深紅。その意味を悟り、雪花はこらえきれず涙を流した。

「ひどい」

「使用人たちの知らせを受けて集まった親族たちは、すべてを隠蔽《いんぺい》することにしたそうです。嫁を虐げた上、その嫁に殺されたとなれば大変な騒ぎになる。全員が病で死んだことにして、遺体を隠すために火を放った、と」

しかし人の口に戸は立てられないし、皇帝の配下に暴けぬ秘密などない。

役所に嘘の届け出をした禄家の人間は厳しく処罰されることが決まったという。

「罪人である朱柿を野放しにしてしまった罪は大きいですからね」

「……どうして翠は朱柿と一緒にいたのでしょうか」

翠にとっては朱柿は仇だし、朱柿にとってみれば翠は夫が別の女に産ませた子だ。ふたりが身を寄せ合う理由がわからない。

「朱柿が翠を連れ出したのは間違いないでしょう。幼いあの子は逃げ出せなかったと考えるのが自然です」

「そう、ですね……」

「この半年間どこにいたのかはまだわかっていません。翠の状態を考えると、あまり良い環境にいたわけでないのは確かです。それに……」

そこで言葉を途切れさせた蓮は苦しげに目を逸らす。

なにか、雪花に言えないことがあるのだとすぐにわかった。

「……教えてください。翠に、なにがあったのですか」

「あなたには、酷な話になるかもしれない」

「それでも、知らないよりはいい」

泣きそうに顔を歪《ゆが》めた蓮が、迷うように何度か口を開いては閉じる。

「蓮」

乞うように名前を呼ぶと、蓮がようやく重い口を開いた。

「朱柿は焔家の嫁でした。短い間ですが、道士の仕事を間近で見ていた時期がありま す。おそらくは、守刀が呪具に転じたことにも気がついた。だから……」

　そこで言葉を途切れさせた蓮がきつく目を閉じた。

「翠を呪いの媒介に選んだのです。この、焔家を呪うために」

「そんな‼」

　反射的に雪花は叫んでいた。

「翠の背中にあった傷を覚えていますか？　あれが呪いの核になっています」

　小さな背中に生々しく残った傷跡を思い出す。深く長い傷は、刃物で切られたものだった。

「これまで呪いが完全に同化していたため、俺たちは気づけなかった。あの呪いがもともと伯父が作り上げた守護のまじないだったことも原因でしょう。もっと早く調べるべきだった。俺の油断が招いた結果です」

「そん、な……でも、どうして今になって」

　蓮の視線が、雪花の胸元に向く。

「破魔の鏡に姿を映したことで、呪いが露見したのです」

　玉飾りにつけられた小さな鏡。邪悪なものを見抜く鏡によって、翠の呪いが姿を現した。

「幸いだったのは、呪いが未完成であったことでしょうか。だから完全には発動しなかった」

「未完成、って……」

この先になにかあるのだろうかと不安を抱いていると、蓮が深く長い息をついた。

「朱柿の狙いはこの焔家そのものだと考えるのが自然でしょう。呪いの媒介として、翠をこの場所に置いておくことが目的だった。もっと早く気がつくべきだった……ぐ……」

「蓮……？」

突然、蓮が苦しげに顔を歪《ゆが》めた。

「どうしたんですか」

「いえ……ただの眩暈《めまい》だ」

ひどく顔色が悪い。ここ二日、ずっと調べものなどで、あちこち動きまわっていたのだから当然だろう。

そんな中、自分の世話に加え長話をさせてしまった申し訳なさに、雪花は胸元を押さえる。

「なにか食べるものを持ってきます。蓮は少し休んでください」

「いや……これは俺が始末をつけなければならない話だ。だから……」

「もう」

どこまでも真面目な蓮を叱ろうと雪花は立ち上がる。

その瞬間。袖《そで》から覗く蓮の腕に巻かれた包帯が目に入った。

包帯に、じわりと赤いものが滲《にじ》んでいる。

（え……）

記憶違いでなければ、そこは、翠が傷つけてしまった場所だ。

膿《う》んだと言っていたが、あんな鮮やかな血が流れ出るような傷だったろうか。

（あの色）

見覚えのある赤に、嫌な予感が頭をかすめる。

「見せてください！」

机の上に置かれた蓮の腕を取り、強引に包帯をほどく。

（ちがう。そんなわけがない）

頭の中には警鐘が鳴り響いていた。だが、信じたくなかった。

「雪花、なに、を……」

包帯がすべてほどけ、蓮の腕が露《あら》わになる。

「ああ……」

雪花はその場に崩れ落ちた。

これまで何度も見て触れたはずの蓮の腕には、翠の身体に現れた文字と同じものが浮かび上がっていた。

三章　呪いの根源

「朱柿にとって禄家と焔家は同じだけ憎むべきものだったのでしょう。自分の居場所を奪い、追い詰めた」

寝台に腰をおろした蓮が、力なくそう呟いた。その隣に座る雪花の表情は憔悴《しょうすい》しきっている。

「そんなの」

逆恨みではないか、と口にしようとした雪花だったが、言葉にしてはいけない気がして唇を引き結んだ。

朱柿が歩んできた道を思えば、誰かを恨むしかなかったのも少しだけわかる。きっとそうしなければ、心を保てなかったのだろう。

「これから、どうなるのですか」

泣いてはいけないとわかっているのに声が震えてしまう。痛いのも苦しいのもつらいのも、蓮と翠だ。自分が泣く理由などない。それなのに、どうしようもないほどに悲しかった。

雪花にとって大切な家族であるふたりが、呪いによって不自由を強いられている。助けてあげたいのに雪花にはなにもできない。そのことがどこまでも歯がゆい。

「朱柿が翠を使って広げている呪いがどんなものかを調べる必要があります。根源はわかりましたが、どんな災いをもたらすものなのか、まだはっきりしていません」

蓮は己の腕を見つめ、眉間に皺《しわ》を寄せた。

赤い文字は翠のもののように光ってこそいないが、生々しくそこに焼き付いている。

「痛みは？」

「不思議なほどになにも。強い呪力は感じますが、それだけです」

軽く腕を持ち上げてみせた蓮の表情は冷静だった。

文字をじっと見つめ、なにごとかを考えこんでいる。

「妙に治りが遅いとは感じていましたが……まさかここから呪いが発動するとは」

雪花も蓮が怪我をした瞬間は見ていた。翠の爪がわずかにかすめただけの浅い傷だったはずだ。

「翠の身体に刻まれた呪いが、俺にうつった、と考えるのが自然でしょう。傷から傷へ……病がうつるように」

「これは一体、どんな災いを起こす呪いなのでしょうか……」

「今はわかりません」

翠の意識が戻らない間は、呪いとしての効力を発動しないのではないか、というのが蓮の考えだった。

「あなたにうつらなくてよかった」

「蓮」

文字が浮かんでいないほうの腕で雪花を抱きしめながら、蓮が絞り出すように呟いた。

痛いほどに食いこむ指先に、どれほど案じられていたかを感じる。

「夢の件もあります。しばらく翠に近づいてはなりません。どんな条件で呪いが発動するかわからない」

「そんな！」

「これはあの子のためでもあるんだ。もし翠が目を覚ましたとき、あなたが呪われていると知ったら、必ず自分を責めます。翠はあなたを慕《した》っているのです」

とっさに反論ができず、雪花は唇を噛んだ。

「世話は精霊たちに任せましょう。呪術の影響を受けぬように俺が護符を作りますから」

安心させるように微笑む蓮の気遣いはわかる。雪花がずっとつきっきりでいても翠が回復するわけではないことも理解できる。

（私は、なにもできないの？）

蓮と翠が呪いに苦しむ中、また、ただ待つだけの日々を過ごせというのだろうか。

でも一体、自分になにができるのだろう。

「雪花、またしばらく屋敷を空けます」

「……また、皇城へ行くのですか？」

「朱柿の生家に行くつもりです」

「彼女を、捜しに行くのですか？」

「それもありますが……そこが無事かを確かめなければ」

言わんとすることを理解した雪花は息を呑んだ。

「あちらにもなにかしらの呪いを仕込んだ可能性があります」

「生家を、呪ったと」

「ええ。門前払いをされる可能性はありますが、行く価値はあると踏んでいます」

蓮に聞かされた朱柿の境遇を思えば、己の生家すら恨んでいてもおかしくないだろう。

「それに、翠の身に宿った呪いが不完全に発動したことで、朱柿の身にもなにかが起こっている可能性がある。彼女の痕跡を辿り、捜し出すことが呪いを解く一番の近道です」

真っ暗だった世界にわずかな希望の光が射しこむ。

もし朱柿の居場所がわかれば、蓮も翠も救われるかもしれない。

「私も行きます」

「な……」

「ここで待っているだけなんて耐えられません」

もう待っているだけではいたくない。大切な人のために、できることをしたい。

「いけません。あなたを危険な目に遭わせてしまうかもしれない」

「ここで待っていても同じです。瑠親王が私をさらったのをお忘れですか？」

普剣帝を引きずりおろそうとした彼は、雪花をここから誘拐した。悪意を持った者の行動は、いつだってこちらの先を行く。

「私はお荷物のままでいたくありません」

「しかし……」

戸惑う蓮の腕に、雪花はそっと己の手を添える。

「あなたの身体は今、呪いに蝕《むしば》まれています。もし、外でなにかあったら私は一生後悔します。私がそばにいれば、助けを呼ぶこともできるのでは？」

「それは、そうですが……」

「蓮は大事なことを忘れています」

「ええ。私は宗《ソウ》国の公主だったんですよ。私の名前を出せば、どんな家門も受け入れるしかないと思いませんか？」

「大事なこと？」

蓮が大きく目を見開く。まさか私がこんな提案をするとは思わなかったのだろう。

「私を使ってください、蓮。名ばかり公主ですが、私が頼めばお父さまも協力してくれるはずです。どうか、一緒に連れていってください」

守られるだけではない。一緒に生きていくために隣を歩きたい。

「雪花」

腕に添えていた手を取られ、強く握られる。わずかに震える大きな手を、雪花はきつく握り返した。

「わかりました。その代わり、決して俺から離れないでください」

「はい」

必ず朱柿を捜し出す。そう決意をこめて、雪花は深くうなずいたのだった。

＊＊＊

朱柿の生家は氾《ハン》家といい、都の西部に屋敷を構える名家だという。

交易と商売で財をなした家で、遡《さかのぼ》れば後宮に入った娘もいるそうだ。

徒歩では半日ほどかかる距離だが、牛車を使えば三刻ほどでつくらしい。

「それでは行きましょうか」

「ええ」

蓮に手を取られ、借りた牛車の荷台に乗りこむ。御者は無口な老人で、こちらを詮索してくる気配はない。

蓮は、黒い道士服に垂布のついた帽子という姿だ。それは雪花と後宮で顔を合わせたときの装いだった。あまりの懐《なつ》かしさに、少しだけ今の緊迫した状況を忘れてしまう。

雪花も落ち着いた菫色の上衣をまとい、顔の下半分を隠す布を巻いている。公主としての雪花の顔は誰も知らないが、警戒するに越したことはないからと提案されたのだ。

（無事に戻ったらお父さまにもお礼をしなくては）

蓮の懐《ふところ》には、普剣帝が直々にしたためた紹介状が入っている。事情を綴った手紙を送ったところ、その日のうちに届けてくれた。

事前に汜家に事情を伝えれば、なにかを隠蔽《いんぺい》しようとする可能性もあるだろうと思い、今日の訪問は知らせていない。

動き出した牛車の荷台から、雪花は何度も焔家の方角を振り返った。

「小鈴たちは大丈夫でしょうか。もし、翠が目を覚ましたら……」

「ああ見えて子どもの世話に慣れた者たちが多いのです。前に言ったでしょう？　幼い俺を育てたのは、精霊たちだと」

父親に疎《うと》まれていた蓮は、精霊たちに世話をされて成長したのだと言っていたのを思い出す。

「それに、翠はまだ目を覚まさないと考えたほうがいい。呪いが解ければ別ですが、朱柿を見つけてもすぐに呪いが解けるとは限りません」

「でも、いずれは解けますよね……？」

「今は、そう信じるしかない」

呪いの正体が掴めない以上、蓮にできることは強い護符で翠の呪いを止めておくことだけだ。だがそれも、翠の体力が尽きてしまえばどうなるか。

「翠はどんどん衰弱しています。もし、我が家に来たときの状態で呪いが発動していたら、助からなかったでしょう。あなたの献身が、翠の命を助けたんだ」

翠に食事をとらせ、支えた時間は決して無駄ではなかったのだ。

「呪いが発動しなかったのも、あなたが献身的に翠に関わったことであの子が負の感情に呑まれなかったからだと俺は考えています」

「負の感情ですか？」

「ええ。呪いとは、人の心に巣食うものです。もし俺があなたを娶《めと》っていなければ、俺は翠を放置したでしょう。孤独な子どもが、心にどれほどの悲しみを抱えるかなど想像もせずに」

子どもと関わることを恐れていた蓮が、翠に向き合えないのは当然のことだ。誰がそれを責められるだろう。

「とにかく、今は朱柿を捜しましょう」

「ええ」

話をしているうちに、都の西部にたどりついていた。中央ほどの華やかさはないが、職人が多く住む地区ということもあり、落ち着いた雰囲気がある街並みだ。

「汜家はこの通りの奥にあるそうです」

大きな住宅が建ち並んでいるが、通りを歩く人影はまばらだ。なんだか重たい空気が漂っているように感じた。

蓮が険しい顔をして周囲を見回す。

「蓮？」

「ひどく濃い、呪いの気配がします」

牛車を急がせ、汜家の前まで来たときには雪花もその異変に気がついた。

立派な大門の前には、使用人がひとり座りこんでいる。高い壁に囲まれた汜家の屋敷は豪華なはずなのに、なぜだか妙に陰鬱《いんうつ》な雰囲気だ。

「あの、ごめんください」

牛車から降りて、門にもたれている使用人の男性に呼びかけると、彼の落ちくぼんだ目元だけがわずかに動いた。

「こちらは汜家でお間違いないでしょうか」

「……ああ、そうだが」

使用人の顔色は土気色で、うつろな視線には生気がなく、立ち上がろうとすらしない。大丈夫だろうかと心配していると、牛車を固定した蓮が近寄ってきた。

「ご当主さまはご在宅でしょうか。奥様でも構いません。少しお話を伺いたいのです」

「あんたたちは……？」

「皇城からの使いです。こちらに書状があります」

蓮が懐《ふところ》から書状を取り出すと、使用人が慌てたように立ち上がり腰を折った。

「こ、皇城から！　しばしお待ちください！」

慌てた様子で門を叩くと「いらっしゃったぞ」と声を張り上げた。まるで蓮たちが来るのを待ちかねていたかのようだ。屋敷の中が騒がしくなったのが伝わってくる。

「なにも知らせていないのですよね？」

「そのはずですが……？」

なにが起こったのかわからないとふたりで首を傾《かし》げていると、再び門が開き数名の男女が駆けつけてきた。

その全員が先ほどの使用人同様に顔色が悪く、中には誰かに支えられてようやく立っているような者もいる。

「ようこそいらしてくださいました」

掠れきった声で挨拶をしながら近づいてくるのは、白髪の目立つ老人だった。目の下にははっきりと隈ができており、歩くのがやっとの様子だ。

「あの……？」

「まさかこんなに早く来ていただけるとは。どうぞどうぞ、中にお入りください」

こちらの話をする隙がない。老人は名乗りもせずに蓮の腕を引いて強引に門の中に引きずりこむ。慌ててそのあとを追った雪花が門の中に入ると、腐臭が鼻を刺した。

「これは……」

門の外とはまるで別世界だった。

庭木はほぼ枯れ果て、使用人らしき男女が力なくあちこちに座りこんでいる。清掃が行き届いていないのか、あちこちに塵《ちり》や汚物が散らばっており、ひどいありさまだ。

「なにがあったんですか？」

困惑しきった問いかけに、老人がおや、というように眉を上げた。

「我らの嘆願を聞いて来てくださったのではないのですか？」

「嘆願？」

知らない話が出てきて、雪花と蓮は顔を見合わせた。

「はい。実は数週間前から我が家では奇妙なことが続いているのです。結果、全員がこのように弱り果てております。最初は病かと思い大枚をはたいて医者を呼びましたが役に立たず……よもやと思い街の道士に祈祷《きとう》をさせたところ、これは強い呪いだと言うのです」

呪い、という言葉に息を呑む。

「並の道士では太刀打ちできぬと、儂《わし》らが雇った道士は逃げてしまいました。そこで藁《わら》にもすがる思いで、陛下に道士を紹介してほしいと嘆願書を書いたのですが……あなた方がそうではないのですか？」

先ほどまでの態度から一変し、老人の表情に警戒が混じる。周囲の人々からもざわめきが起きる。

警戒した様子のまま書状を読んだ老人が、大きく目を見開き蓮と雪花を見比べる。

その顔には明らかな警戒と困惑が浮かんでいた。

「失礼、確かに私は道士ですが、陛下から指示を受けたわけではありません。私は、焔蓮と申します」

帽子を外しながら蓮が老人に紹介状を差し出した。雪花も慌てて顔に巻いた布を外す。

「こ、これは先の公主さまと焔家の当主さまでしたか……！」

雪花と蓮の顔を見比べていた老人が、少しの間を置いて、勢いよく地面に膝《ひざ》を突き、頭を下げた。

「儂《わし》はこの汜家の主《あるじ》、石涅《セキデツ》と申します」

石涅の周りに控えていた汜家の人々も一斉に同じように頭を下げはじめる。雪花は慌ててそれを止めた。

「おやめください。私はすでに降嫁《こうか》した身です。あなた方と同じ陛下の民でございます」

「いえいえ。それでも尊い血筋には代わりございません。それに、そちらの男性は焔家の当主さま……我ら汜家はそちらに深い恩義がございます」

「恩義？」

今度は蓮が戸惑う番だった。

とにかくここでは話ができないということになり、雪花たちは石涅に連れられ屋敷の中に足を踏み入れた。

＊＊＊

埃《ほこり》っぽい室内は昼間だというのに妙に薄暗い。

木製の円卓を囲むようにして、蓮と雪花、そして石涅とその妻である春辰《シュンシン》が座っている。

「ほかの者は下がらせました。皆、一様に身体を崩しておりまして」

「それは大変ですね……」

「はい。幼い子には起き上がれぬ者もおります。一体どうしたらよいのか……」

うなだれる石涅と春辰は憔悴《しょうすい》しきっている。

「一体なにがあったのですか」

「実は……」

石涅がゆっくりと口を開いた。

事のはじまりは食材の傷みからだったという。どんなに新鮮なものを届けさせても一晩ももたない。仕方がないので毎日買い付けてはいたが、それでも調理をしていく先からだめになってしまう。そのうちに、井戸の水までも濁《にご》りはじめた。

夏の暑さのせいなのか、水脈が乱れたのかと皆が首を捻《ひね》っていると、汜家の子どもたちが次々に高熱を出しはじめた。

「末の孫は、今も寝こんでおります」

「そんな」

熱に苦しむ子どもの幻影が眠ったままの翠に重なる。

我が子ではないとはいえ、もし翠がと想像するだけで雪花の胸が潰《つぶ》れそうに痛んだ。

「その子だけではありません。ほかの孫たちも皆一様に熱を出して苦しんでおります」

「熱は、子どもだけでしょうか」

「はい。大人は発熱していないのですが、やはりなにかしら体調を崩しております。水は濁《にご》り、まともな食事もできません。結果、このようなありさまで……」

最初は汜家の人間だけだったが、今では使用人たちも同じ症状を患っているのだという。

「呼び寄せた医者曰《いわ》く、病ではないと。水も濁《にご》ってはいるが異常はないそうです。しかし……」

石涅の視線が窓の外に向かう。本来ならば美しかったのであろう庭園の木々はすべて枯れ果てている。池の水は干上がり、乾いた土が広がっていた。

「これは明らかにおかしい。なんらかの呪いでなければ説明がつかない」

雪花にもわかる。この状況は自然の起こした災害ではないと。

その証拠に、汜家の中に満ちた空気はあまりにも重く暗い。ここには呪いが存在しているのだと肌でわかる。

「……それで道士を呼んだのですね」

「はい。この近くで社を構えている道士を呼び寄せました。評判は悪くなく、当人も我が家に来るまでは任せておけと豪語していたのですが、足を踏みいれた途端に無理だと逃げ出されまして……」

「それで困って陛下に嘆願書を出した、と」

「はい……」

肩を落とす石涅は、藁《わら》にもすがる思いだったのだろう。

大きな家門からの嘆願書なら、無下《むげ》にはされにくいものだ。

この惨状を知っていたのだろうかと蓮に視線を向けると、ゆるく首を振られる。

どうやら普剣帝の耳にはまだ届いていない話のようだ。嘆願書は内容を精査され、問題ないと判断されたものだけが、皇帝に届けられる。果たして汜家の訴《うった》えがどこまで理解されただろうか。

「私が陛下に面会したのは昨日です。嘆願書はまだ陛下の目には触れていなかったようですね」

「それではおふたりはどうしてここへ？　先ほどの紹介状には我が家に聞きたいことがある、とありましたが……」

こちらを探るような石涅の視線には、隙あらば助けてもらおうという期待が見え隠れしている。

「実は、この家の娘、朱柿について話を聞きたいのです」

ヒッと悲鳴を漏らしたのは春辰だった。真っ青になり、瞳を左右にせわしなく動かしている。その態度に、彼女が朱柿を知っていることはすぐにわかった。

かたや石涅はさすが当主という風格で表情を崩していない。しかし身体はわずかに震えている。

「朱柿が、なにかしでかしたのでしょうか」

問いかけてくる声までが揺れていた。

「いえ。実は彼女を捜しているのです。居場所に心当たりはありませんか」

蓮は呪いについては隠し、朱柿が数週間前に焔家を訪れたことをかいつまんで説明した。その際、彼女が忘れ物をしていったので届けたいと伝えると、石涅があからさまにほっとしたのがわかる。

「そうですか。あの子がなにか失礼をしたのかと」

「あの子？」

石涅は気まずそうに眉を下げ、連の顔色を窺うような表情を見せた。

「朱柿は儂《わし》の妹なんです」

なんと石涅は朱柿の兄だったのだ。てっきり父か伯父だと思っていたので、雪花は驚きを禁じ得なかった。

「朱柿さまはどんな方だったのですか？」

「あの子は、母が最後に産んだ子でした。母は産後の肥立ちが悪く、すぐに亡くなってしまいました」

妻を亡くした朱柿の父は、朱柿をあまり可愛がらなかったそうだ。代わりに、石涅をはじめとした兄や姉が世話をして朱柿を育て上げた。

年ごろになると、朱柿は近隣でも評判の美人に育ったという。

（確かにとても美しい方だったわ）

朱柿たちの父は、娘の美しさを利用しようと遠くに住む年上の商人に献上するかのような縁談を考えていたらしい。

「そんなときでした。焔家への縁談が決まったのは」

絹織物を取り扱っていた父が、商売敵とひどい揉めごとを起こした。上質な生糸を手に入れた氾家当主は金に物を言わせて近隣の織物工房をすべて借り上げ、自分たちの仕事を最優先させたという。

それに怒ったのがほかの家だ。自分たちの商売にも差し障りがあるからと、いくつかの工房を明け渡すように迫った。だが汜家当主はうなずくことなく、工房を独占した。その結果、いくつかの家が破産に追いこまれたという。

そのうちの一家が、汜家当主に呪いをかけた。

家族全員が熱に浮かされる、このままでは一家全滅というところまで来たそうだ。

死にたくないと願った当主は、伝手《つて》をたどって手練れと名高い道士を呼び寄せた。

その道士こそが、ほかでもない若かりし蓮の伯父だったのだ。

蓮の伯父は、呪いの正体を早々に見極め解呪したという。汜家は無事に救われ、途絶えずに済んだのだ。

「父は深く恩を感じていました。道士殿のことをとても気に入って、朱柿を嫁にもらってほしいと強引に婚姻をまとめたのです」

ふたりを引き合わせてみると、驚くほどにすぐに打ち解けたという。

気が変わらぬうちにと両家は縁談をまとめ、盛大な挙式を経て朱柿は焔家に輿入《こしい》れをした。

「そうだったのですね」

蓮が感慨深げにうなずく。恩義というのはそのことだったのだ。

結婚は家同士の繋がりで本人の意思は関係ないものであることも多いというし、珍しい話ではない。

意外だったのは、石涅が覚えている限りでは、朱柿と蓮の伯父はある程度想いが通じ合っていたということだろう。

（もし、私たちのようにふたりが睦《むつ》まじい夫婦であったとしたら）

愛する夫を亡くした朱柿は、きっと悲しかったことだろう。もし雪花が同じ立場ならば、ずっと焔家で蓮の菩提《ぼだい》を弔《とむら》っていたいと考えるに違いない。

（朱柿は、焔家を出たくなかった？）

これまで、朱柿が焔家を恨むのは追い出されたあとの人生が悲惨《ひさん》だったからだと思いこんでいた。だが、もっと根本的な部分から根深い恨みを抱いていたのかもしれないと思い至る。

「しかし朱柿は夫が亡くなると早々に我が家に戻ってきました。しかも子どもひとり産まぬままです。父は不義理だとずいぶんと朱柿を叱っていました」

記録によれば朱柿が嫁いでほんの一年しか伯父とは暮らしていない。すぐに蛮族との戦《いくさ》がはじまったからだ。

戦地にいる夫を朱柿はどんな気持ちで待っていたのだろうか。

戦死したと知らせを受けたとき、どんな思いだったのだろうか。

考えれば考えるほど、雪花の胸が苦しくなっていく。

「あれは当時の焔家当主が望んだことです。寂れていく焔家に寡婦《かふ》として残ってもらうには、彼女はあまりにも若すぎるから、と」

「ええ。当時、しかと説明してもらったので知っております。その配慮に深く感謝したものです。しかし……」

唇の色が変わるほどに、石涅は口を引き結んだ。

「父は納得できなかったのでしょう。子も作らず出戻った朱柿をずいぶん責めました。そしていつまでも家に置いてはいけないと、早々に新しい縁談をまとめてしまったのです」

「それで……禄家に嫁いだのですね」

「ええ……しかし、まさか禄家があんな家だとは思わなかった」

苦々しい表情で語る石涅の表情には後悔が色濃く滲《にじ》んでいた。

きっと、朱柿が禄家でどんな扱いを受けたか聞いているのだろう。

「私の末息子を禄家に養子に出す話がまとまったときは、本心から安堵《あんど》しました。これであの子も報われるだろうと」

石涅にとっても年の離れた妹がずっと心配だったのだろう。ようやくすべてが落ち着く、そう思っていたに違いない。

「あちらに男児が生まれ、朱柿が使用人に身を落としたと聞いたとき、すぐにでも引き取ればよかった。だが、父が存命であったゆえに儂《わし》は動けませんでした」

「……お父上は……？」

「半年ほど前に亡くなりました。急いで禄家に使いを出しました。戻ってこいと。ですが、禄家は屋敷ごと燃え尽きてしまっていた。使いの者から朱柿はともに死んだのだと報告を受けて、愕然としました」

　顔を覆いうなだれる石涅は、兄の顔をしていた。

　ようやく妹を助け出せると思ったのに、使いが持ち帰った報告は禄家が絶えたという知らせだったとき、どれほど絶望したことか。

「でも、あの子は生きていたんです。数週間前、ふらりとここにやってきました」

　やはり、と呟いた蓮が身体を硬くしたのがわかった。

「幸運にも療養で家を離れていたため無事だったと聞きました。だいぶ痩《や》せていましたが、昔と変わらずはきはきとした様子で、どれほど安堵《あんど》したことか」

　そのときのことを思い出したのか、石涅と春辰が瞳に涙を滲《にじ》ませうなずき合う。

「朱柿さまはおひとりで？　供などはいなかったのですか？」

「ええ」

　ひとりだったということは、翠を焔家に押しつけたあとに来たのだろう。

「ここにいたのは半日ほどのことです。無事を知らせるために急ぎ挨拶に来ただけだからと」

（ただ挨拶に来ただけとは思えない）

もし汜家の人々になんの異常もなければ、兄を懐《なつ》かしんで会いに来ただけだと考えられただろう。だが、事実として汜家は明らかになんらかの呪いに侵されている。

時と状況を考えれば、その犯人は朱柿で間違いない。

蓮も同じ気持ちだったのだろう、雪花と目を合わせると深くうなずいた。

「朱柿はどこへ行くと言っていましたか」

「なんでも禄家の片づけをせねばならぬからと、北部に帰ると言っていました」

「帰る？」

「はい。あんなにひどい目に遭ったのに、義理堅い子です」

戻ったところで禄家の屋敷は燃え尽きているし、生き残った使用人や禄家の親戚筋は朱柿のやったことを知っている。顔を出せばただでは済まないだろう。

嫌な予感がぐるぐると渦巻く。

「……そうでしたか。ではもしまた朱柿がここに来るようなことがあれば、焔家が捜していたとお伝えください」

「もちろんです。必ず挨拶に行かせます」

そこで言葉を区切った石涅が、蓮にねだるような目線を向けた。

「ところで、焔殿。これもなにかの縁、どうか我が家にはびこる呪いを解いていただけないでしょうか」

ほかに頼るべきところがないのだと頭を下げる石涅と春辰に、蓮は小さくうなずいた。

「もちろんです。苦しむあなた方を放ってはおけません」

「ああ、感謝します。これで我が家は救われる」

感極まった声を上げる石涅。けれど彼を見つめる蓮の表情は、複雑なものだった。

当然だろう。もしこの氾家を苦しめている呪いが朱柿のものならば、その元は蓮の伯父が作り上げた術だ。

それを解呪せねばならぬ苦しみは、想像を絶する。

雪花はかける言葉を見つけられなかった。

＊＊＊

呪いの原因を探すため屋敷の中を歩き回らせてほしいと頼んだところ、石涅は使用人をひとり、案内につけてくれた。

「なんでも聞いてください。私にわかることでしたらなんでもお答えするようにと主人から仰せつかっております」

さっぱりとした顔立ちをした使用人の青年は夕嵐《セキラン》と名乗った。

ほかの使用人に比べ顔色がよく、はきはきしている。雪花たちのことは祈祷《きとう》に来た道士夫妻だとしか聞かされていないらしく、態度にへりくだったところがなく、好感が持てた。

まずは庭を見たいと言うと、夕嵐は軽快な足取りで屋敷の裏手へ案内してくれた。

汜家の庭はさすが名家というだけあってとても広く、美しい。しかし、よく見れば庭木の剪定《せんてい》は雑だし、風が吹くたびに音がするほど落葉が通路を埋めている。奥に見える池には藻が浮かんでおり、かなり掃除の手が抜かれているのがわかる。

そんな状況なのにもかかわらず、夕嵐は恥じるでもなく淡々とした表情だ。

「ここに勤めて長いのですか？」

「私はつい最近雇われたのです。知り合いから、ここが人を探していると聞いて飛びつきました。なにせ、給金がいい」

人差し指と親指で丸を作って見せる夕嵐の態度は、使用人というよりもやり手の商人のような人懐《ひとなつ》っこさがあった。

「そうなのですね」

「いやお客様のご案内を任せてもらえて光栄です。今は人手不足でずっと忙しいので、本殿にいると気が滅入るのですよ」

困ったと笑う夕嵐によれば、ここ数週間のうちに汜家を去った使用人は両手では足りないほどらしい。自分から辞職を願い出る者もいれば、家族が迎えに来た者もいるという。

「残っているのは帰る家のないものばかりです。行くあてがある者は、残ってはいませんよ。かく言う私も親兄弟のいない身の上ですので、ここにしがみつくしかない」

あけすけな物言いに、雪花と蓮は顔を見合わせる。

名家に仕える使用人にしては、あまりにも気さくすぎるし口が軽い。

驚いているのが伝わったのか、夕嵐がはっとした顔をして気まずそうに目線を下げた。

「失礼しました。つい……礼儀がなってないといつも叱られるんです」

「まあ……」

それはそうだろうと言いたくなるのをぐっとこらえていると、夕嵐ははぁと深いため息を零《こぼ》した。

「ここの皆さまはとても上品で、正直水が合わないのです。それに皆はここを気味が悪いだとかなんだとか言うのですが、私にはさっぱりで。なにもかも普通に見えるのですがねぇ。道士さまはなにか感じるのですか？」

からっとした笑顔で問いかけてくる夕嵐に、蓮が驚いたように目を見開く。

「なにも感じないのですか？　この淀《よど》みを？」

雪花ですらこの重たい空気を感じるのに、なんともないとはどういうことだろうか。

汜家の中はどこも陰鬱《いんうつ》な空気が満ちている。健康な人間でも数日で体調を壊してしまうだろうに。

「はい。私は昔からそういうものに疎《うと》いようで。暗いところを怖いと思ったこともありません」

「まあ……」

「稀《まれ》にいるんです。人外のものに惑わされないほど精神力が強い体質の人が」

「丈夫に産んでくれた両親には感謝しております」

そういう問題ではないと言いたかったが、本人が嬉しそうなのでなにも言えなくなってしまう。

夕嵐はずいぶんと明朗な人物のようだ。

「そんなわけでお役目を仰せつかりましたが、私はそうこの汜家にはくわしくないのです。場所は案内できますが、古い話や細かいことに関してはわかる者を探してきますから」

隠しごとなどなにもない、というように両手を広げる夕嵐に、雪花と蓮は顔を見合わせる。

「では、あなたの感じる氾家について教えていただけますか。もちろん、言えるだけのことでいいです」

蓮の質問に夕嵐はうーんと考えこむ。

「そうですね……ここだけの話なんですが、若旦那さま……旦那さまの末息子さまがかなり気難しい方でして」

石涅の末息子である石翠《セキリョク》はほかの息子たちと違い、年をとってからできた子どもだったため、ずいぶんと甘やかされて育ったのだという。

「横暴で乱暴。博打と酒におぼれ、そのうえ女癖も悪い。若い女の使用人に手を出したこともあるそうですよ。そのたびに旦那様に叱られてふてくされておりますが、なかなか性根が治りません」

このまま聞いていてもよいのだろうかと思ったが、どこから情報が得られるかわからないこともあり、雪花は蓮とともに黙って話に耳を傾けることにした。

「ほかのご兄弟はお仕事に飛び回っているというのに、若旦那さまは家業を手伝いもせず、ずっと家におられるので困っているんです。性格ゆえに恨まれているので、以前は護衛を雇って外で遊びほうけていたのですが、金がないですからね。今の氾家は力があるわけではないでしょう？　だからこの騒動にかこつけて逃げ出したものも多いのだと思います」

鼻に皺《しわ》を寄せる夕嵐は、その若旦那がよっぽど嫌いらしい。だが雪花はそれ以上に気になることがあった。

「今の汜家は力がない、というのはどうして？」

くわしく調べてきたわけではないが、雪花が知る限り汜家は財産があり商売も順調な名家だったはずだ。

「おや、ご存じないのですか？」

すると夕嵐が意外そうに目を丸くした。

「ええ。なにがあったの？」

「ええとですね……」

キョロキョロと周りを見回し、誰もいないことを確認すると、夕嵐は蓮と雪花に顔を近づけ声をひそめる。

「ほら、あの伶《レイ》家が取り潰《つぶ》しになった件ですよ」

「……！」

声を上げないようにするので精一杯だった。蓮もまた、表情を強張《こわば》らせている。

「先帝の寵姫《ちょうき》だった麗貴妃と瑠親王が、揃《そろ》って処罰されたではないですか。麗貴妃の生家である伶家もです。悪事に手を染めていたとかで財産は没収され、家屋敷を手放すことになったんですよ。ご存じありませんでしたか？」

訳知り顔で語る夕嵐の横で、雪花は冷や汗を滲《にじ》ませる。

知っているもなにも、雪花はその騒動の当事者だ。

帝弟であった瑠親王は、母親である麗貴妃を皇太后にしたい一心で帝位を欲した。蛮族と通じ、雪花を生贄にしようとしたのだ。だが、その企みは蓮と普剣帝によって阻《はば》まれ、瑠親王は捕えられた。

その後の調査で、麗貴妃は先帝の御代から蛮族と裏取引をしてさまざまな情報を流していたことがわかった。伶家は麗貴妃が後宮で仕入れた情報をもとにずいぶんと手広い商売をして財をなしていたのだ。その取引先のひとつが蛮族だ。

彼らの行いは反逆罪として裁かれた。麗貴妃と瑠親王は投獄のうえ、流罪。

今は、都から遠く離れた田舎で罪人として暮らしていると聞いている。罪人の証である黒衣しか身につけることが許されない彼らは、姿を見られるたびに石を投げられ、わずかな食事だけで生きていかなければならない。

伶家の当主だった麗貴妃の兄は、蛮族と通じた罪で処刑された。残った家族は伶家の名を剥奪され、財産もすべて取り上げられたはずだ。

「汜家は伶家とずいぶん懇意《こんい》にしていたんです。だから、あの騒動のときに一緒になって罰せられるのではないかと思われていました。それで、ずいぶんと仕事を失ったんですよ。結局、なにかしたわけでもないからとお咎《とが》めはありませんでしたがね。今でもその名残のせいで、大きな仕事にありつけていないんです」

「ずいぶんとくわしいんですね」

「実は私、その伶家が営んでいた小道具屋を任されていたんです。今は潰《つぶ》れてしまいましたけどね」

やれやれと肩をすくめる夕嵐はあっけらかんとそう言った。

「伶家に雇われていた者たちは皆大変でしたよ。手広く商売をやっていましたから。お上は頭の首を切ればそれで満足なんでしょうが、雇われの身にはずいぶんと酷なことをしてくれました」

雪花が元公主であると知らない夕嵐は言いたい放題だ。さすがにと思ったのか蓮が口を開きかけるが、雪花がそれを手で制す。

「大変だったんですね」

「そうなんですよ。食うに困って犯罪に手を染めた連中もいると聞きました。私は知り合いの店にすぐに雇ってもらえたのでなんとかなりましたが」

まさかあの騒動がそんな波紋を呼んでいたとは知らなかった。

自分たちにとっては悪人であった彼らも、誰かにとっては必要な存在だったのだと思い知らされ、雪花は動揺を隠しながら夕嵐の話に耳を傾ける。

「と、まあ恨み言もありますが、私は実は少しだけ感謝もしてるのです」

「え？」

「伶家の商売は非常に強引で、使用人たちも安い給料でこき使われていました。死人が出たという話も聞いたことがあります。お上が手を下さなければいずれは暴動が起きていたかもしれない。あの程度で済んだのは不幸中の幸いでした」

なんでもないことのように語る姿はどこか晴れ晴れとしている。

「もちろん恨んでいる者も少なくありません。特に若旦那さまはずいぶんと陛下を恨んでいます。伶家が処罰されたからこうなったんだとよく愚痴を零《こぼ》しているんですよ。ばれたらどうなるのかわかってないのですかねぇ」

そう肩をすくめていた夕嵐は、はっと我に返ると慌てて頭を下げた。

「すみません口が過ぎました。お客様になんてことを。私はいつも口が軽いと叱られていて……どうか内密に頼みます」

「もちろんです」

むしろ大切な話を聞かせてもらったと感謝しているくらいだ。

しっかりうなずくと、夕嵐は安心したように笑った。

「そんなわけで汜家はもう風前の灯火なんです。さっさと処罰された伶家よりもひどいことになるかもしれませんね。旦那様がよい人なだけに、残念です」

荒れ果てた庭を眺めながら、どこか寂しげに漏らす夕嵐はきっと根が善良なのだろう。そのあとも他愛のない話をしながら屋敷中を見て回った。

夕嵐は朱柿がここを去ったあとに雇われた身なので、彼女がここでどんな様子だったかは知らないらしい。

「朱柿さまがお戻りになった際、霊廟《れいびょう》まで案内した使用人がいたのですが、そいつは数日前に辞めてしまいまして……」

「では霊廟《れいびょう》を見せてもらえませんか」

「もちろんです」

汜家の霊廟《れいびょう》は焔家同様に立派なものだったが、どこか寒々しい雰囲気に包まれていた。

鳥肌が立ち、吐く息が白く濁《にご》る。秋の入りとはいえ、こんなに寒いのはおかしい。

「……これは」

唸《うな》るような声に横を見ると、蓮が霊廟《れいびょう》を睨《にら》みつけていた。雪花にはなにも見えないが、蓮にはなにかが見えているのだろう。

一歩近づくごとに空気の密度が高まり、呼吸が苦しくなってくる。

この先にはよくないものがいるというのがひしひしと伝わってくる。

「こちらです」

本当になにも感じていないのだろう夕嵐だけは、相変わらずはきはきした動きで霊《れい》廟《びょう》の扉を開け放った。

（ひっ）

声を上げずに済んだのは蓮が隣にいてくれたからだ。

「これは」

霊廟《れいびょう》の中は先が見えぬほどの暗闇に包まれていた。

だが先を進む夕嵐は「埃《ほこり》まみれだ」などと平気そうに言っている。つまり、夕嵐にはなにも見えていないらしい。どんどん先に進んでいくものだから、あっという間にその姿が見えなくなってしまう。

「雪花。あなたはここで待っていてください」

額に滲《にじ》んだ汗をぬぐいながら、蓮が雪花の身体を後ろに下げようとする。

だが雪花はそれを拒み、蓮とともに前へ踏み出した。

「……いいえ。私も行きます」

恐ろしかったが、それ以上に怖いのは蓮の身になにか起きることだ。

平時ならばまだしも、今の蓮は呪いに蝕《むしば》まれた身。守りたいし、支えたい。

「無理はしないでください」

「それは蓮も同じです」

「まいったな」

気まずそうに頭を掻《か》く蓮の仕草に、雪花は少し笑った。重くてたまらなかった身体が、少しだけ軽くなったように感じる。

ともに霊廟《れいびょう》に目を向けると、暗黒が少しうごめいたような気がする。

「決して俺の手を離さないでください」

手を握り合ったまま、霊廟《れいびょう》の中に入る。

真っ暗な霧のようなものが立ちこめた室内は凍えるほどに寒い。一歩先すら見えず、蓮の手を握っていなければ動くことすらできなかっただろう。

「おふたりとも大丈夫ですか？　すみません、掃除が行き届いていなくて……」

真っ暗な先から夕嵐の呑気な声が聞こえてくる。

「……雪花。目を閉じていてください」

なにか布擦れのような音が聞こえた。次いで、涼やかな鐘の音が響く。

その瞬間、周りの暗黒が一気に弾け飛んだ。

「わ……」

視界が一気に開ける。開け放たれた窓から射しこむ光が眩しく、目がくらんだ。

現れたのはなんの変哲もない霊廟《れいびょう》だった。

汜家の先祖たちが祀《まつ》られた壁面の祭壇は、焔家にあるものとさほど変わらない。夕嵐が言うように床にはうっすらと埃《ほこり》が積もっており、供えられた花は枯れている。

「こんなみっともないところをお客様にお見せしてしまうとは」

情けないと頭を掻《か》きながらせっせと窓を開けて換気をしている夕嵐は、今しがた起きた事態にまったく気づいていない様子だ。ここまでくると逆にすごいと感心してしまう。

「いえ、気にしないでください」

「そうはいきません。このままではおふたりの服が汚れてしまいます。掃除の道具を持って参りますので、少しお待ちください」

こちらの返事も待たず、夕嵐は慌ただしく霊廟《れいびょう》の外へ駆け出していった。

「本当にすごい人ですね。あそこまで陽の気が強い人間は珍しい」

感心と呆れ混じりの声を上げた蓮は、先ほどの場所に立ったまま、手に小さな振り鐘を掲げていた。

「それは？」

「邪気払いの鐘です。効果は一時的ですが、場所を清められます」

蓮が手首を揺らすと、先ほど聞こえた涼やかな音色が霊廟《れいびょう》の中に響いた。先ほどよりさらに場の空気が清廉《せいれん》になったような気がする。あれほど寒かったのが嘘のようだ。

「すごいです」

近づいてみると、持ち手が瑪瑙《めのう》で鐘は銀というかなりの細工物なのがわかった。鐘の表面には精巧な龍が彫りこまれている。

「これを使う羽目になるとは思いませんでした。ここまで呪いが育っているとは……」

「やはり先ほど見えたのは呪いなのですね」

「ええ。この霊廟《れいびょう》を中心に汜家全体に広がっている。見てください」

蓮が指さしたのは祭壇の中心にある香炉だった。見た目はなんの変哲もない香炉だが、その姿に雪花はわずかな違和感を抱く。なぜかそれだけがその場に浮いているような奇妙な感覚だ。

不思議なことにほかの道具は埃《ほこり》を被っているのに、その香炉だけは磨き上げられたばかりのようにツヤツヤと煌《きら》めいていた。近くには水差しが置かれている。

「あれ、なんなんですか」

「……やはり、わかりますか」

「え?」

どこか苦々しい蓮の口調に振り返ると、その表情は少し険しい。

「なにかおかしなことを言ったでしょうか」

「いえ……こうなることはわかっていたというか……やはりというか……」

珍しく歯切れの悪い蓮の口調に雪花が首を傾《かし》げる。

「よく聞いてください雪花。あなたはこれまでに呪いを受けたことや焔家で長く暮らしたことで、道士と同等の力を持ってしまったのかもしれません」

「私が、ですか？」

「ええ。だからこそ、先ほどの黒い霧が見えたのです。夕嵐は特殊ですが、常人にあの霧は見えないでしょう」

まさかの指摘に雪花は大きく瞬く。

自分ではなにも感じなかったが、不思議な気分だ。

「生きていくのに、差し障りがあるでしょうか」

「むしろ逆でしょうね。常人ならばこの場にいるだけで身体を壊したでしょうが、あなたの身には呪いへの耐性がついているようだ。そもそも皇族は、そういったものを受け止めることに長《た》けた一族ですからね」

よくわからないと首を捻《ひね》ると、蓮がふわりと微笑む。

「くわしい話は焔家に帰ってからにしましょう。今は、あれを片づけるほうが先です」

蓮が鐘を鳴らしながら祭壇へ近づいていく。すると、大人しくそこに置かれているだけだった香炉がカタカタと音を立てて震えはじめた。

「雪花はそこから動かないでください」

蓮の指が不思議な印を刻んだ。口から紡がれる言葉は、聞き取れない。鐘の音と相まって、まるでなにかの歌のように聞こえる。

香炉から先ほど見えた真っ黒な霧が立ち上りはじめた。蓋《ふた》が割れんばかりに揺れ、今にも弾け飛びそうなほど跳ね回る。

「散！」

よく通る声が霊廟《れいびょう》全体に響いた。

その瞬間、香炉が音を立てて真っ二つに割れ、その場で粉々に砕け散る。香炉だったものは、祭壇の上でただの砂と化し、小さな山を作った。

「……ふう……」

蓮がその場にズルズルとしゃがみこんだ。雪花は慌てて駆け寄り、その背中を支える。

「大丈夫ですか」

「一度に力を使いすぎて気が抜けただけです。安心してください」

額に脂汗を滲《にじ》ませ力なく微笑む蓮に、雪花は眉を下げた。

「あまり無理はしないでください。腕は大丈夫ですか？」

「ええ、今のところは。それよりも、早くあれを回収しないと」

立ち上がろうとする蓮に手を貸しながら祭壇に目を向ける。砂山と化した香炉の残灰からはもうなにも感じない。

「あれが呪いの核、だったのですね」

その証拠に、先ほどまでとは比べものにならないほど周りの空気が軽い。窓の外に見える景色も、気のせいかもしれないが明るくなったように感じた。

ふたり並んで祭壇に近づき、銀色に輝く砂山を見る。先ほどまで香炉だったとは思えないありさまだ。

じっとそれを見つめていた蓮がためらいなく砂山に己の手を突っこんだ。ざらざらと砂が床に落ちていく。その山が半分ほど崩れたところで、中を探っていた蓮が動きを止めた。

「あった」

なにが、と雪花が聞くよりも先に蓮がなにかを握りこんだ拳を引き出す。

ゆっくりと解かれていく指の中にあったのは、手のひらに載るほどの小さな人形だった。

「ヒッ……！」

恐怖で喉が鳴る。

その人形はまるで生きた人間を干したような風合いをしていた。

真っ黒な髪だけが艶《つや》やかで、眼球がある場所は空洞になっているのが、不気味さをさらに煽る。一番恐ろしいのは、その身体にびっしりと描きこまれた真っ赤な文字だ。それは、翠の身体と蓮の腕に刻まれたものとまったく同じ形だった。

「……なるほど」

「なにか、わかったのですか」

「これは巫蠱《ふこ》の呪いです。巫蠱《ふこ》とは呪いたい人を模《も》した人型に、呪縛をかけて苦しめるもの……朱柿はこの人形を氾家の人々に見立て、呪ったのでしょう」

「そんな。自分の家族を呪うなんて」

「朱柿はすべてを恨んでいる。彼女の境遇には同情するが、これはあまりにもおぞましいものだ」

人形を見つめる蓮の表情は真剣そのものだ。

「でも、もう呪いは解けたのでしょう」

「正確には発動を止めただけです。おそらく、この呪詛《じゅそ》は腐敗の呪い。なにもかもを腐らせるものです。だから水が濁《にご》り、食材がすぐだめになっていた。身体が弱く、人の気に混ざりやすい幼子ほど影響を受けます。放置しておけば、建物や道具の類《たぐ》いまで腐っていたでしょう」

血の気が引く思いだった。熱を出して寝こんでいるという石涅の孫のことを思い出す。

「今は呪いの媒介であった香炉を壊し、一時的ですが人形を封じました。我が家に持ち帰り、破壊するか封印すればこれ以上悪さはしないはずです。くわしいことは持ち帰って調べてみる必要がありますが」

「よかった……」

これで子どもたちも助かる。ほっと息を吐く雪花だが、蓮の表情がまだ暗いことに気がつき首を傾《かし》げた。

「まだなにか？」

「いえ……通常、巫蠱《ふこ》の対象物は地面に埋めるものです。呪いたい相手の寝所近くに埋めることで、確実な効果を発します。ですが、これは香炉の中に納められていたのがどうも引っかかります」

「置き場を間違えたのでしょうか」

「いいえ。ここを起点に呪えば汜家全体を苦しめられるので、憎らしいほどに的確ではあるのです。だが、霊廟《れいびょう》とは先祖の霊魂を慰《なぐさ》める場所。一族を苦しめる呪いがこんなにうまく発動するなどおかしい。まるで誰かが呪いを維持していたような……」

蓮の視線が香炉の横にあった水差しに向く。それを持ち上げたり覗きこんだりして調べると、蓮は眉間の皺《しわ》を深くした。

「水ですか？」

「いいえ。匂いからして酒のようです。すでに空ですがね。誰かが定期的に人形に酒を捧げ、呪詛《じゅそ》を読み上げていた気配があります」

「誰がそんな……まさか朱柿が？」

この汜家のどこかにひそんでいる朱柿を想像し、血の気が引く。

「わかりません。さすがにそこまでの危険は冒さないと思うのですが……少なくともここ数日はそれを欠かしてたからこそ、簡単に壊せたようですね」

誰かがこの呪いを管理していた。その事実に身体の芯がきんと冷えるようだった。

重い気持ちで考えこんでいると、背後からバタバタと騒がしい足音が聞こえてくる。

振り返ると、箒《ほうき》と水桶を抱えた夕嵐が息を切らして霊廟《れいびょう》に近づいてくるのが見えた。

本気でここを掃除する気らしい。

蓮は白い布を取り出すと、それに人形をくるみ、懐《ふところ》に隠した。

「お待たせしました。今から簡単に掃除してしまいますね。おふたりは外でお待ちください！」

言うが早いか袖《そで》をまくり上げた夕嵐に、蓮と雪花は霊廟《れいびょう》を追い出されてしまった。

ものすごい勢いで掃除をはじめた夕嵐の姿をしばし呆然と見つめ、蓮と雪花は先ほどまでの重たい気持ちを忘れ、顔を見合わせて笑ったのだった。

＊＊＊

掃除を終えた夕嵐に呼ばれて霊廟《れいびょう》に入ると、短時間で仕上げたとは思えないほど綺麗になっていた。祭壇の上にあったあの砂も綺麗さっぱり取り払われ、あちこち磨き上げられている。

「どうでしょう」

「すごいわ」

自慢げに胸を反らす夕嵐に、雪花は素直にその働きを褒めた。手際を見るに、ずいぶんと有能な人材なのだろう。

「すごいですね。祭具の並びも完璧だ。心得があるようだ」

意外なことに蓮までもが褒め言葉を口にした。あまり他人に口出ししない性分なのに珍しいこともあるものだと思っていると、夕嵐が恥ずかしそうに頭を掻《か》く。

「それこそ昔、伶家が営んでいた道具屋で学んだことです。性に合っていた商売だったので懐《なつ》かしくて、つい張り切ってしまいました」

（こんな優秀な人を路頭に迷わせかけていたのね）

伶家の没落は、彼らの罪だ。雪花たちのことはきっかけにはなったが、それだけが原因とは言えない。それでも、もう少し動き方が違えば、苦しむ人はもっと少なく済んだのではないか。

普剣帝の治政を害し蛮族と通じていた彼らを排除したことで、平穏を守れた気でいた。けれど、平和とはそんなに簡単なものではないのかもしれない。

(同じ出来事でも立場が違えば見え方が違う。ほんとうね)

かつて蓮に教わった話を思い出しながら、雪花は小さく息を吐くことしかできなかった。

それから、夕嵐に頼んで祭壇に供物を供え、汜家の先祖たちに礼拝をした。

呪いのせいで弱まってしまった血族の力を少しでも高めるためだ。煌々《こうこう》と燃える蝋燭《ろうそく》の灯りから伝わるぬくもりが、屋敷全体を温めていくような感覚を味わった。

そして呪いがある場所がここだけとは限らないからと、礼拝が終わったあとも屋敷のあちこちを案内してもらった。

すべてが終わったときにはすっかり日も傾いており、西の空が茜色に染まりはじめていた。

「もう大丈夫です。祈祷《きとう》をしましたので、しばらくすれば子どもたちの熱は下がり、運気も上がっていくでしょう」

「ありがとうございました。本当にありがとうございました」

石涅には、霊廟《れいびょう》を粗末《そまつ》に扱ったことで悪霊がはびこっていたということにした。まさか朱柿が呪いを仕込んでいったなどとは伝えられない。石涅にとって朱柿は憐《あわ》れでかわいそうな妹なのだから。

「これからまめに霊廟《れいびょう》に礼拝をしてください。そうすればこんなことは起こりません」

「助かります。子どもたちが助かるのが一番嬉しいです」

「本当によかった。ありがとうございます」

石涅と春辰は目に涙を浮かべながら手に手を取り合っている。よほど嬉しかったのだろう。

使用人や氾家の家族たちも騒動を聞きつけたのか、集まってきて次々に蓮たちに頭を下げてくる。

こんなに大勢に囲まれたことがなかった雪花は、目を白黒させながらその対応に追われていた。

「今日はもう遅いです。夜は危険ですから、泊まっていかれてはどうですか」

確かに茜色に染まった空の奥はすでに薄暗い。牛車を使っても帰り着くのは夜半になるだろう。

宗国の都とはいえ、夜になれば夜盗なども出る可能性がある。

もしれない。

（でも、翠が……）

焔家で眠っている翠のことが気がかりだし、蓮が回収した人形も気になる。あの呪いを維持していた人物が誰なのかわからない以上、汜家には留まらないほうがいいかもしれない。

「いいえ、家人が心配するので帰ります。御厚意、ありがとうございました」

雪花の気持ちを察したように蓮がすぐに断りを口にしてくれた。

汜家の人々はあからさまに落ちこんだが、引き留めては悪いと思ってくれたのか、仕方がないというようにうなずいてくれた。

「そうですか、残念です。しかしこの時間ですから、知り合いの傭兵を呼んで護衛をさせましょう。少しお待ちください」

空を見上げた石涅が案じてくれたらしく、腕の立つ護衛を送迎につけてくれることになった。このあたりは高貴な人間が多く住むこともあり、そういった仕事を請け負ってくれるところに心当たりがあるらしい。

「牛車はどこですかな」

「外に繋いであります。雪花、少し行ってきますからそこで待っていてください」

「はい」

石涅と蓮、そして数名の使用人が大門の外に出ていくのを見送った雪花は、汜家の家人や使用人たちがそれぞれにようやくこの状況から解放されると嬉しそうに語らっている姿を見つめ、目を細める。

彼らが苦しみから解放されて本当によかった。

もう見送りはいいと声をかけると、ぱらぱらと皆それぞれの場所に戻っていく。

母屋やら大門へ続く広場には雪花と春辰、それと数名の使用人だけになった。

「お茶をお持ちしましょうね」

「いえ、お気遣いなく。すぐに夫も帰ってくるでしょうから」

「公主さまは本当にお優しい方ですね。そのうえ、このように美しい方だとは存じ上げませんでした」

うっとりした表情を向けられ、雪花は苦笑いを浮かべそうになるのを必死でこらえた。

後宮で息をひそめるように生きてきた雪花は、人民たちにとっては謎の多い公主だったろう。行事にも呼ばれず、ずっと自分の宮に引きこもっていた。

ほかの妃たちからも地味だの目立たないだのと言われ続けてきたため、どうも容姿を褒められても自分のことのように思えない。

稀《まれ》に見かける姉公主たちはいつも華やかな装いで、煌《きら》びやかだった。自分とは違う世界に生きている人のように思えたものだ。

「ありがとうございます」

昔の自分ならあれこれと理由を並べて、褒め言葉を否定していただろう。こんな風に、素直に感謝だけを返せるようになったことが少しだけ嬉しい。

「また是非遊びに来てください。今度はおもてなしいたしますので」

「ええ、もちろん」

朱柿のことがどう片づくかはわからない。でもせっかく繋いだ縁は大事にしたい。

雪花がそんな思いを馳《は》せていたときだった。

「おい！　いつまで俺を放置しておく！　酒はないのか！」

安寧の時間を壊すような大声が、突然屋敷の中から響いてきた。

なにごとかと顔を向けると、乱暴な足音を立てながら母屋の出入口から青年が姿を現した。

やけに派手な衣装に身を包んでおり、顔立ちは整っているが、垂れた目元と赤らんだ顔をしているせいか幼稚な印象を抱いてしまう。年ごろは雪花とさほど変わらないだろう。

青年はろくな挨拶もせぬまま屋敷から出てくると、ぐるりと周囲を見回した。

「石翠！」

春辰が悲鳴にも似た声を上げ、慌てて青年のほうへ駆けていった。

「母上。なんなのですか、この騒動は。使用人たちを呼んでも来ないし」

「お前はまたこんな時間から呑んで！　いいから部屋にいなさい！」

青年を叱りつける春辰の様子と石翠という名前に、雪花はつい数時間前のことを思い出す。

（彼が石翠なのね）

夕嵐曰《いわ》く、気難しいという石涅の末息子。確かにそのふるまいや言葉遣いは良家の息子にしてはあまりにも乱暴だ。

あまり関わらないほうがいいと考え、ここに来たとき同様に顔に布を巻こうとした、そのときだった。

「お、なかなかに美しい娘だな。新しい使用人か」

喜色を孕んだ声を上げた石翠が、春辰を振り払いこちらに駆けてきた。一瞬、それが自分のことだとわからなかった雪花はとっさに逃げることも避けることもできなかった。

大きな腕が雪花の腕を掴む。容赦のない力強さに、思わず小さな悲鳴が漏れた。にいと口の両端を吊り上げる表情は下卑《げび》たもので、鼻を刺す酒精のにおいが漂ってくる。どうやら酒を嗜んでいた最中らしい。

「ふむ。少し貧相だが悪くない。お前、俺の侍女になれ。可愛がってやるぞ」

べろりと舌で唇を舐める仕草に、総毛立つような不快感がこみ上げる。

雪花を見下ろす瞳に宿る嗜虐的《しぎゃくてき》な色には見覚えがあった。かつて、後宮で雪花をいたぶり続けてきた人々と同じものだ。

雪花を人と認めず、己の欲と鬱憤《うっぷん》を晴らすための道具としか見ていない人々。

「離してください」

気がついたときには、するりと言葉が出ていた。

昔ならば怯えて言葉を詰まらせるばかりだったろう。

だが、今の雪花は違う。

「なんだと？」

「女人《にょにん》の身体に許可なく触れるなどどういうつもりですか。私は客です。お放しなさい」

石翠を静かに見据え、冷静に告げた言葉は冷え冷えとしているのがわかる。自分からこんな声が出るなんて知らなかった。

「なっ、貴様……」

「おやめなさい！　その方は、尊い御方なのです！　なんと無礼な！」

真っ青になった春辰が石翠の腕を掴み、雪花から引き離す。

「母上？」

「申し訳ありません公主さま。どうか、どうかお許しください」

その場にうずくまって頭を下げ、春辰が震える声で許しを乞う。母親のそんな姿を見ても、石翠はぽかんとしたまま立ち尽くしている。周りの使用人たちがざわめきながら雪花たちを取り巻いていた。

「……公主……？　今の陛下には公主などいないはずだが」

「お黙りなさい！　この方は、先帝の末公主、雪花さまです！　我が家を救ってくださった恩人に、お前はなんと無礼な！」

悲鳴のような声で石翠を責める春辰は今にも泣き出しそうだった。

息子の不始末が、どんな災いを呼ぶのかと恐れているのだろう。

「先帝の公主……なんと、これはなんという僥倖《ぎょうこう》か！」

だが石翠は状況を理解していないのか、奇妙なほどに明るい声を上げ満面の笑みを浮かべた。

（な、なんなの？）

嫌な予感を抱きあとずさる雪花に、石翠は再び近寄ってきた。春辰がやめなさいと叫びながら足にすがりつくが、あろうことか石翠はそれを蹴飛ばすように振り払う。

「春辰さま！」

「公主さま。どうぞ我が家をお助けください。伶家の処罰のあおりを受け、我が家は困窮《こんきゅう》しているのですよ」

母を案じることもなく、石翠はとんでもないことを口にした。

あまりのことに声が出ない。

「聞いていますか公主さま？　陛下が伶家を疎《うと》んじる気持ちはわかります。彼らはあまりにも力を持ちすぎた。だが、あのやり方はあまりに横暴だ。そうでしょう？　特に瑠親王殿下は陛下や公主さまの血を分けたご兄弟ではありませんか。もう少し温情を見せてくださってもよかったのに」

へらへらと笑いながら語る石翠の姿に、腹の中から怒りがこみ上げてくる。

彼らが雪花や普剣帝になにをしたかを知らないくせに、どうしてこんなことが言えるのだろうか。目の前が真っ赤になるほどの怒りが雪花を襲う。

「……」

叫び出したいのを必死でこらえながら、雪花は毅然とした表情で石翠を見据えた。

「陛下の決断に口を出すなど、畏れ多いことです」

「ですが公主さま……」

「私はすでに降嫁《こうか》した身。公主ではありません。陛下の忠実な臣下として、その決断を信じることが最大の役目だと考えています」

「ぐ……」

臣下として、陛下の判断に意を唱えるなと暗に告げた雪花の言葉に、石翠がさすがに鼻白む。それでもまだなにか言いたそうに唇を震わせ、雪花を見下ろし続けていた。

使用人が逃げ出したくなるほどの人物だと聞いていたが、ここまでとはと驚きを禁じ得ない。

「なにをしている!!」

叫ぶ声に振り返ると、血相を変えた石涅がこちらに駆けてくるのが見えた。

その後に続く蓮もまた、顔色が悪い。

「雪花。大丈夫ですか」

「蓮」

安堵《あんど》から身体の力が抜ける。つい目元がゆるみ、涙が滲《にじ》んだ。

よろめいた雪花の身体を抱きとめた蓮が、目の前の石翠を睨《にら》みつける。

「私の妻になにをした。彼女を焔家の妻と知っての狼藉《ろうぜき》か」

「妻……？　焔家……？」

ぽかんとした顔で蓮と雪花を見比べる石翠に、石涅が拳を振りおろした。

「父上！」

「この馬鹿者が！　おい、誰か石翠を下がらせろ！」

石涅が、石翠をどうにかしようと使用人たちに声をかける。慌てた様子で駆け寄ってきた男手の中には、夕嵐がいた。一瞬だけこちらを見た表情には、明らかな動揺が滲《にじ》んでいた。雪花が公主だと知ったからだろう。

「どうして止めるのですか父上！　ええい、離せ！」

石翠は近づいてくる使用人たちを殴ったり蹴飛ばしたりしながら抵抗している。その動きにはためらいも加減もなく、日常的に暴力を振るっているだろうと察した。

雪花に手を伸ばした石翠が、にたりと笑う。

「このままでは汜家は潰《つい》えてしまうのだぞ。俺が最後の希望なのだ！　そうだ公主さま、俺を情夫にしませんか？　長い後宮暮らしのあと、夫ひとりでは満足できないでしょう？」

「なっ……」

周囲が悲鳴にも似た声を上げる。さすがの雪花も、あまりのことに言葉を失った。怒るべきなのだろうが、感情が追いつかず頭の中が真っ白になる。

「がっ……」

直後、すぐ近くに迫っていた石翠が、勢いよく後方へ倒れこんだ。

一瞬なにが起こったのかわからなかった。

だが顔を上げた先にある、真っ直ぐに伸びた蓮の腕と握りしめられた拳から、彼が石翠を殴ったのだと理解した。

「俺の妻を侮辱《ぶじょく》するな」

「ひ、ひぃ……」

低く冷たい声に、石翠が引き攣《つ》った悲鳴を上げた。

「口布を噛ませよ！　喋らせるな‼」

怒号のような石涅の指示に、使用人たちは急いで石翠の口に布を噛ませた。それでもまだ石翠はくぐもった声を上げ、なにかを必死に訴《うった》えようとしている。

「あれにはしかと言い聞かせますゆえ、どうかお許しください」

石涅たちが地面に額をこすりつけ、蓮と雪花に憐《あわ》れっぽい声で謝罪を繰り返した。

「あのような粗忽《そこつ》な息子をなぜ庇《かば》うのです」

静かな声だったが、蓮が怒っているのがひしひしと伝わってくる。

その表情はどこまでも冷め切っており、視線だけで人を殺せそうなほどだ。

当然だろう。雪花に対する石翠の態度は、その場で手打ちにされても文句は言えないほどのものだ。

「何卒、何卒ご容赦ください。あれも憐《あわ》れな子なのです」

「憐《あわ》れ？　あの無礼者がどう憐《あわ》れなのです。俺の妻に、情夫にしてくれなどと……」

雪花を抱きしめる蓮の腕が、怒りでわななないていた。

その迫力におののきながらも石涅は必死に我が子を庇《かば》う。

「……あれは、本当ならば朱柿の息子になり禄家を継ぐはずだった子なのです。養子の話が潰《つい》えたことで、行く先を失いました。……あのように荒れてはいますが、根は親思いのよい子なのです……どうか、どうか……」

震える声で訴《うった》える石涅の目には涙が浮かんでいる。

石涅の話が本当ならば、石翠もまた大人たちの都合に振り回された存在なのだろう。だが。

「自分が不遇であるからといって、他者に無礼であっていい道理はない。貴殿の息子は、私の妻に耐えがたい無礼を働いた。彼女が皇帝の妹とわかっていながら、だ」

「……返す言葉もございません……」

憐《あわ》れなほどに身体を震わせる石涅を見下ろし、蓮が深く長い息を吐く。

「この件は陛下に報告させてもらう。ご子息にはそれ相応の沙汰があることを覚悟していただこう」

返事もできないのだろう、地面に額をこすりつけたままの石涅は身動きひとつしない。

「どうか、どうかお許しください！　不出来な子ではありますが、どうか命ばかりは！」

必死で叫ぶのは春辰だ。使用人に押さえつけられた息子を抱きしめながら、声を上げている。我が子を哀れむ母の姿は胸を刺すものがあった。

「それを判断するのは陛下です」

「ああっ……」

泣きじゃくる春辰は憐《あわ》れだと思う。だが、雪花がこの無礼を許してはいけないこともわかる。

「雪花、帰りましょう。もうここにはいないほうがいい」

「はい……」

覚悟を決め、石涅たちに背を向けた。そのときだった。

「うおおおおお！」

地を這うような唸《うな》り声が響いた。やおら、そのあとに複数の悲鳴が重なる。

「思い出したぞ！　焔家！　そうだ、焔家だ！　叔母上を苦しめた家だ！」

振り返ると、使用人たちをはねのけた石翠が身体を起こしその場に立ち上がっていた。

目は血走っており、顔も赤く黒く染まっている。鬼気迫る表情には正気が感じられない。

「お前のせいだ。お前たちのせいで、俺も……！」

「なにを言っているんだ、石翠。叔母上とは……まさか朱柿か？　お前、朱柿に会ったのか?」

様子を変えた息子に、石涅がおろおろと呼びかけている。

「そうだ。叔母上は俺に言ったんだ。焔家のせいで叔母上の人生は狂い、俺の人生も壊された。だから呪ってやったんだ……!」

「……!」

呪ってやった。その言葉がなにを意味するのか。

「まさか……霊廟《れいびょう》にあの香炉を供えたのは」

「ん? なんでそれを知ってる? まさか、取り除いたのか⁉ あれは叔母上が俺にくれた大事なものなんだぞ! 大切にすれば、必ず報いを与えてくれると! 返せ!」

野太い声で叫びながら石翠がこちらに駆けてくる。蓮が、雪花を庇《かば》うように抱きしめた。

絹を裂くような悲鳴が響く。けれどそれは、石翠の蛮行に対するものではなかった。

「そんな……」

雪花を抱きしめる蓮の身体が軋《きし》んだ。なにが起きたのかと蓮が見ている方向に顔を向ける。

「なっ……!」

「うわぁ、なんだ、なんだこれ……!」

体中に真っ赤な文字を浮かび上がらせた石翠が、自分の身体を必死にこすりながらもがき苦しんでいた。あまりの異様さに、春辰さえも動けずに呆然としている。

「蓮、あれは」

「呪詛《じゅそ》返しです。なんてことだ……」

「呪詛《じゅそ》、返し？」

「かけた呪いを跳ね返されると起きる現象です。あの人形の呪詛《じゅそ》を止めたことで、彼がすべてを受け止めることになった」

蓮が先ほど懐《ふところ》にしまった人形を取り出す。それはすでに形を保っておらず、空気に触れた途端ぐずぐずと砕けて消えていった。

「そんな‼」

文字の描かれた人形を思い出す。石翠はあの人形そっくりの状態になっていた。

「痛い、苦しい……ああ……いやだ、いやだぁ……！」

赤い文字が発光し煙を上げる。石翠はもがき苦しみながら、その場にのたうち回りはじめた。恐ろしいことに文字が浮かんだ皮膚がボロボロと崩れはじめている。

「石翠！」

春辰がようやく我に返り、子を助けようとその身体に手を伸ばす。だが、指先が触れた瞬間、春辰の指にも赤い文字が浮かび上がり、同じように発光したかと思うと、ぼろりと皮膚が崩れ落ちた。

「いけない！」

蓮が懐《ふところ》から札を出しながら、彼らのもとに駆け寄った。

手早い動きで春辰の手に札を押し当て、もがく石翠にも同じように札を押し当てる。

――……!!

どこかでまた翠のときと同じような、つんざくような悲鳴が聞こえた。

周りを見回してもなにも見えないし、ほかの誰も気がついていない。

(今のは……)

「石翠！　石翠！」

「触れないでください。これは呪詛《じゅそ》です。誰か、布を持ってきてくれ！」

騒ぐ汜家の人々をなだめながら、蓮が指示を飛ばした。雪花も慌ててそれに加わる。

「なにをすればいいですか」

「身体を布でくるんで運びます。布が届いたら、決して文字には触れないように指示してください」

「わかりました」

「今すぐ蝋燭《ろうそく》と墨を持ってきてください。この男を殺したくなければ、急いで！」

使用人たちが一斉に動き出す。

石翠の身体は布で何重にも巻かれ、庭にある亭に運ばれた。使用人から墨と蝋燭《ろうそく》を受け取った蓮は、石翠の身体を横たえた周囲に文様を描き、その四方を囲うように蝋《ろう》燭《そく》を設置する。

「息子は……息子はどうしてしまったのでしょうか」

息をするのがやっとといった様子の石涅が、蓮にすがりついた。春辰は動く気力もないのか、札の巻かれた手で自分の身体を抱き、茫然自失という顔で座りこんでいる。

「今、彼の身体は呪詛《じゅそ》に蝕《むしば》まれています。この呪いは触れれば伝染し、広がっていく悪質なものです」

「そんな！　我が家にはびこってた呪いは払ってくださったと言ったではないですか！　先祖の霊を粗末《そまつ》にした、祟りだと……」

もう隠してはおけないと思ったのだろう。蓮が一瞬だけ雪花に目を向け、力なく肩を落とした。

「あなた方を悲しませぬよう偽りを告げたことをまず謝罪します。この汜家にもたらされていた呪いの根源は……朱柿です」

ひい、と誰かが悲鳴を上げたのが聞こえた。石涅は信じられないとばかりに目を見開き、ゆるく首を振る。

「なっ、朱柿が……どうして……！」

「……朱柿は、禄家で夫を殺しています」

「そんな……！」

ついに立っていられなくなった石涅が、その場にへたりこむ。

「朱柿は夫を殺して呪いの力を得ました。そして、我が焔家を呪ったのです。朱柿は我が家と氾家を憎んでいる。だから私たちは、彼女の行方を捜してここに来たんです」

横たわった石翠は微動だにしない。彼は死んでいないというだけで、生きているとも呼べぬ状態なのだろう。

「これは想像ですが、朱柿はここを訪ねてきた日に石翠に会ったでしょう。おそらくは、自分に仇なす者に報いを与えるものだと偽って霊廟《れいびょう》に呪物を供えさせた……まさかそれが、この氾家を呪うものだとは知らずに」

そしてその呪いを蓮が解呪したことにより、反動で呪われてしまったのだと。

「なんと、なんということだ……どうすればよいのですか……どうすればよいのですか……」

「今は呪いを無理矢理に封じている状況です。根源を完全に取り除かねば、彼の命は危ない」

「ああ……！」

悲痛な声は涙に濡れていた。

「今できることは朱柿を捜すことです。おそらくだが、呪いの本体は朱柿が持っている。それを見つけ出し破壊すれば、あなたの息子は助かるかもしれない。彼女の行く先に心当たりはありませんか」

「朱柿の居場所……」

必死に考えているのだろう。石涅が瞳をせわしなく動かしながら唸《うな》っている。

「もしかすると、叔母の家に行ったのやも」

「叔母？」

「はい。父の妹になります。彼女も夫を早くに亡くしこちらに身を寄せていたのですが、父とそりが合わず都の外れに小さな屋敷を構えて暮らしていたのです。朱柿はずいぶんと叔母に懐《なつ》いていました。今は空き家になっています」

間違いない。なぜだかそう確信できた。

「場所を教えてください」

「はい、ええと……」

石涅が告げた空き家の場所は、焔家からそう遠くない場所だった。嫌な予感が全身を駆け巡る。

（待って。それなら、朱柿はずっと私たちのそばにいたの）

蓮も同じことを考えたのだろう。口に手のひらを押し当て、青ざめている。

「……戻りましょう雪花。もしかしたら朱柿は、私たちが家を離れるのを待っていたのかもしれない」

ひっと喉の奥から悲鳴が零《こぼ》れた。

眠り続けている翠や、小鈴、琥珀たちの姿が頭をよぎる。

もし彼らになにかあれば、雪花は生きながら死んでいるのと同じになってしまう。

「石涅殿。蝋燭《ろうそく》の火を決して絶やさないでください。周りの文字を消してもいけません」

「は、はい」

「夕嵐」

「へっ⁉」

突然名前を呼ばれて間の抜けた声を上げたのは、近くに控えていた夕嵐だ。

「あなたは呪われにくい特異体質だ。彼に近づいて問題ありません。時々、水を飲ませてやってください。それ以外の使用人は、決して近づかないように」

夕嵐は言われたことがわかっているのかいないのか、首を捻《ひね》りながらもうなずいた。

「わかりました。私にできることなら」

「よろしく頼みます」

ほかにも細々とした指示を出したのち、蓮と雪花は汜家の大門を出た。すでに空は薄暗く、通りには人気がない。牛車では間に合わないからと、汜家に馬を借り、蓮とふたりその背中に飛び乗る。

「舌を噛まないよう、口を閉じていてください」

「はい」

手綱を握った蓮の背中にしがみつきながら、雪花は懐《ふところ》にしまった玉飾りに祈りをこめた。

（どうか、どうか翠たちをお守りください）

四章　正しい選択

　ふたりを乗せた馬が焔家の正門にたどりついたとき、夜空は星で染まっていた。

　冷たく刺すような月光に照らされた屋敷は奇妙なほど静まり返っており、自分の鼓動や呼吸の音がやけにうるさく感じる。

「皆は無事でしょうか」

「いざとなれば自分で身を守れる精霊は多い。そう簡単になにか起こるとは思えませんが……」

　蓮も不安でたまらないのだろう。馬から雪花を降ろしながらも、その顔色は悪い。

「屋敷には結界をかけてあります。招かれざる存在がたやすく侵入することはできないはずです。とにかく中に入りましょう」

「はい」

　きっと大丈夫。そう信じて雪花は正門を押し開けた。

「っひ……！」

　鼻を刺す腐臭に、思わず袖《そで》で顔を覆う。

門の外と中では、まるで世界が違った。いつもは清廉《せいれん》な空気が満ちている焔家の庭を、どんよりとした重たい空気が覆っていた。それは、汜家で感じたのと同じものだ。足元には汜家の霊廟《れいびょう》に満ちていたのと同じ、黒い霧のようなものが立ちこめていた。

「なんということだ」

「蓮、これは……」

「急ぎましょう。翠のもとに」

「はい……！」

ふたりは同時に駆け出す。

走りながら、小鈴や琥珀の名を叫んだ。名前を思いつく限りの精霊たちを次々に呼ぶが、誰も答えない。

（みんな、どうして、どうして）

いつもなら感じるはずの存在がどこにもない。

焔家の大切なものたちがすっぽりと抜け落ちてしまったような感覚に、雪花は恐ろしいほどの喪失感を覚えていた。

「翠‼」

転がるように駆けこんだ客間には、誰もいなかった。

室内は明らかに誰かに荒らされており、家具が倒れたり、壊れたりしている。

翠が眠っていたはずの寝台には、蓮が貼りつけた札が落ちていた。

そして敷布には、鮮やかな血が滲《にじ》んでいる。

「い、いやぁぁぁ！」

「雪花、落ち着いてください。なにかおかしい！」

「でも、翠が、翠が！」

「翠になにかあったのなら、この呪いが発動しているはずです」

蓮が自分の腕を雪花に差し出す。包帯が巻かれたままだが、禍々《まがまが》しさは感じない。

「みんな無事です。あの呪いもまだ完全には発動していない。急ぎましょう。この屋敷のどこかにいるはずです」

「どこか……」

汜家のように霊廟《れいびょう》だろうか。それともどこか別の場所だろうか。必死に考える雪花の耳に、りん、と聞き慣れた鈴の音が届く。

「小鈴！」

聞き間違えるわけがない。小鈴の音色だ。

か細い音色は今にもかき消えてしまいそうなほど弱々しいが、間違いなく雪花たちを呼んでいる。

「……こっちだ」

蓮に手を引かれ、雪花たちは台所に向かった。

そこも翠の部屋同様に机や椅子が倒れ、ひどいありさまだった。

「包丁、水瓶！」

普段は人型をとっているはずの彼らは、道具の姿のままそこにいた。触れても撫《な》でても、なんの反応も示さない。

「いました。ここです」

「小鈴！」

水瓶の後ろに隠れるように、小鈴の本体である真鍮《しんちゅう》の鈴が転がっていた。すくい上げたそれは、か細く震えながら必死に存在を訴《うった》えている。

「小鈴、小鈴……！」

蓮の手から鈴を受け取り、雪花はその腕に抱いた。ひんやりとした真鍮《しんちゅう》の表面にボロボロと涙が落ちる。

「ひどく力が弱まっている。なんてことだ……」

「どうしてしまったんですか？」

「精霊としての力が極度に弱まっています。このままでは、精霊としての小鈴が消えてしまう」

この焔家に嫁いできたその日から、雪花の心を癒《い》やしてくれた大切な小鈴。あどけなく愛しい存在は、雪花を何度も救ってくれた。もしもう二度と言葉が交わせなくなるとしたら。

「でも、また元に戻るのですよね？」

精霊は道具に宿った人の記憶や思いが根源だ。たとえ一度消えたとしても、いずれは元に戻るのではないか。

「……いいえ。もし今の小鈴が完全に消えてしまえば、次に魂が宿ったとしてもそれは別物です」

「そんな！」

「こんなことははじめてです。この焔家を包む力が弱まっているとしか思えない」

「どうして……どうしてこんなことに……」

「……龍厘堂に行きましょう」

「龍厘堂に……？」

小鈴を抱いたまま、なぜと顔を上げる。

「あの場所は少し特殊なのです。堂自体に何重にも結界がかけられており、精霊たちに居心地のいい場所になっています。今すぐ連れていけば、小鈴ももつかもしれない」

「では……あ、まさか包丁たちも……⁉」

先ほどから姿を見せない包丁と水瓶も小鈴と同じだとしたら。

蓮が悔しそうに顔を歪《ゆが》める。

「おそらくは……だが、彼らを抱えていくわけにはいかない」

「でも、それじゃあ」

「包丁と水瓶は小鈴よりも長寿です。わずかだがまだ力が残っている。だが、小鈴はもうもたないかもしれない」

選ばなくてはならないのだ。包丁や水瓶より小鈴だと。

蓮の言葉はきっと正しい。

でも、走り出すべきなのに足が動かない。

正体を知らされてからずっと、この台所で一緒に料理をしてきた。慣れぬ雪花を優しく導き、一人前に料理ができるまでに育ててくれた彼らを、どうして置いていけるだろうか。

「雪花」

優しい声が雪花を包む。

ゆるゆると顔を上げると、蓮が泣きそうな顔をしていた。

「見てください」

「……？」

蓮が視線を向けた先を追うと、包丁がわずかに揺れていた。水瓶の水面も波立っている。その優しい動きに、姿は見えず声も聞こえなかったが、「ゆけ」と言ってくれるのがわかった。

「行きましょう、雪花。まずは小鈴を龍厘堂に逃がすんです。原因がわかれば、皆助けられる」

「……はい……！」

支えられながら立ち上がり、雪花は走った。胸に抱いた小鈴の音色はどんどん弱っていく。

何度も足がもつれながら、雪花は龍厘堂にたどりついた。

「灯りが……」

半分ほど閉じた龍厘堂の扉からは灯りが漏れ出ている。普段、滅多なことでは灯されることのない入口の松明も煌々《こうこう》と燃えていた。

なにかがおかしい。

はっきりとそう感じる。

とにかく小鈴を助けなければと、開いた扉に駆け寄った。

「あら、ずいぶんと早かったのねぇ」

奇妙なほどに甘ったるい声が響く。

振り返ると、松明に照らされた龍厘堂前の舞台に人影が見えた。

顔だけが妙に艶《つや》やかでふっくらしているのに着物が浮くほどに痩《や》せた身体。貼りつけたような笑み。

「あらあら。ご夫婦お揃《そろ》いで。仲がいいのね。妬けちゃうわ」

「朱柿……！」

彼女を呼ぶ蓮の声はもはや怒号に近かった。

雪花もまた、叫びたいのを必死にこらえる。

（どうして朱柿がここに）

恐怖と動揺に身体が軋《きし》む。とにかく小鈴だけでも助けなければと、扉の隙間から後ろ手で鈴を中に転がりこませた。

「なぜここに……と言うのは野暮なのでしょうね。呪いの仕上げにでもいらしたのですか？」

「その様子だと、もういろいろと知ったみたいね？　本当に憎らしい。何度も何度も私の邪魔をする」

じっとりとした視線で蓮と雪花を見下ろす朱柿がすっと目を細め、自分の身体をぎゅっと抱きしめる。

「……呪詛《じゅそ》返しはあなたにも影響していたようですね」

呪詛《じゅそ》返し。汜家で倒れた石翠の姿を思い出す。

「少しだけね。おかげでこれだけの術を完成させるのにだいぶ時間がかかってしまったわ」

「俺の家族になにをした」

「家族？　ふふ、あんな化け物たちが？　あなた、どこかおかしいんじゃないの？」

あからさまな侮辱《ぶじょく》だったが、蓮は一切表情を変えなかった。

「お前に言われる筋合いはない」

「あらあら。焔家当主ともあろう御方が年長者に向かってそんな言葉遣いをしてはいけないわ。私は短い間とはいえ、あなたの伯母だったのに」

「前にも言ったはずだ。すでに縁は切れた、と」

「……本当に冷たいのね。憎らしいほどあの男そっくり……」

目を細め蓮を見つめる朱柿の表情には、憎しみだけではないなにかが宿って見える。

「簡単よ。私はこの焔家を汚したの。この子を使ってね」

瞳を見開き、蓮を睨《にら》みつけた朱柿がなぜか一歩下がった。

松明の光が朱柿の後ろにあったものを照らし出す。

小さく横たわるその姿に、雪花は悲鳴を上げた。

「翠！」

ぐったりと意識をなくしたままの翠が舞台に倒れこんでいた。その顔にはまだ何枚かの札が貼られていて、文字はまだ身体に刻まれたままだが、光ってはいない。

目をこらすと、薄い腹がわずかに上下しているのがわかる。

（生きている……！）

安堵《あんど》とそれ以上の恐怖で、身体の力が抜けそうだった。

「ずいぶんとこれを大事にしてくれたみたいねぇ」

とても残念そうな声だった。翠を見下ろす瞳はどこまでも冷たく氷のようなのに、口元だけがうっすらと笑っている。

「公主さまを見たとき、嫌な予感はしていたの。優しくて善良でお人好しそうだったから。あなたが嫌な女ならどれほどよかったか」

「な、にを」

「てっきりあの男の息子だから、これを邪険にしてくれると思ったのよ。不気味だと遠ざけて、放置して。これの孤独と寂しさを育てて、よい依り代にしてくれると思ったのに。本当に残念だわ」

朱柿がなにを言いたいのかがまったくわからない。ひどく不愉快なことを言われているのだけはわかる。

「私はね、これを呪いの核にしたの。哀しみや孤独が糧《かて》になるような呪いをね。これがいるだけ周りに広がっていくのよ。蜘蛛《くも》が巣を作るように、少しずつゆるやかに。そして触れたものの精気を奪っていく。ふふ、素敵でしょう。呪いはもうこの焔家すべてを包んでるわ。この土地にいる存在は、人も化け物も関係ない。全部が少しずつ弱っていくの」

「なんてこと……！」

「それで結界が動かなかったのか……」

小鈴や包丁たちが姿を消していた理由がわかった。

「本当はもっと早くに発動するはずだったのに、なかなか動いてくれなくて困ったわ。そのうえ、あなたが思ったより有能な道士だったのも予想外だった。焔家は没落同然だと聞いていたのに」

雪花が嫁いでくるまでの蓮は、表向き道士としての仕事をほぼしていなかった。それは、焔家を閉じてしまいたいという彼の願いから来るものだったが、知らぬ者が噂を聞けば彼に道士としての力がないと思うのも仕方がないのかもしれない。

「おかげでこんなことになってしまったわ」

憎々しげに口元を歪《ゆが》めながら、朱柿が袖《そで》をまくる。その腕には真っ黒な痣《あざ》が浮かび上がっていた。痣《あざ》の周囲がわずかに膿《う》み、赤い血が滴っている。翠の寝台についていた鮮血は、朱柿のものだったのだろう。

「痛くて痛くて……嗚呼《ああ》、憎らしい」

（あ……！）

翠、そして石翠の呪いを封じたとき、どこからか聞こえた叫び声を思い出す。あれはもしかしたら朱柿の声だったのだろうか。

「まさか汜家のほうまで封じられてしまうなんてね……石翠がここまで役立たずとは思わなかったわ」

「彼はあなたの甥《おい》でしょう⁉　どうして呪いの手伝いなんか……」

もがいていた石翠の姿を思い出す。それを見る石涅や春辰が、どれほど苦しんでいたか。

「だってあの子、私を罵《ののし》ったのよ」

「え……」

「これが生まれて禄家の養子になれないと知ったとき、私に向かって役立たずって言ったの」

表情だけは微笑んでいるが、朱柿の瞳は欠片も笑ってはいなかった。

その心にどれほどの闇を抱えているのだろう。なにもかもを恨み、憎しみ、身内や幼子までも呪いの道具にした朱柿。

「お願いです。どうかもうやめてください。そんなことをしても、あなたは救われない」

「まさか。私はとっても楽しいわ」

「楽しい……？」

「だって憎い相手に報復できているんだもの。楽しくて楽しくたまらないの。どうしてやめなくちゃいけないの？」

くすくすと妖艶に笑う朱柿は、もう雪花たちの言葉など耳に届かないのだろう。

朱柿の細く白い腕にある黒い痣《あざ》がじわりと広がっていく。

「ねぇ、公主さま。私の境遇を知って憐《あわ》れと思うなら、どうか見逃してくださいな」

「なっ……」

「どうしてだか、あなたには呪いの糸が絡まっていないの。焔家と血縁がないからかしらね？　ほら、逃げてしまえばもう追わないでいてあげるわ。この焔家から逃がしてあげる」

怒りのあまり、言葉が出てこない。

大切な夫や家族の命が危険にさらされて、自分可愛さに逃げ出せるわけなどないのに。

雪花を庇《かば》うように蓮が一歩前へ出る。

「朱柿。どんな事情があろうとも、人の命を奪い人を呪ったお前はすでに人道を外れた」

「おやおや怖いこと。さすがはあの男の息子だわ。お前たちはいつもそう。私を見下し、私を捨てる」

その言葉に、蓮がわずかに目を逸らす。それを見ていた朱柿は高らかに笑った。

「ふふ。公主さまは本当にお優しいのね。人の悪意などなにも知らないでのうのうと育ったお姫様に、私の気持ちなどわからないわ！」

ごうっと音を立てて松明が燃え上がる。

「この子のせいで私はまた幸せになり損ねた。いつもそうよ。ようやく幸せになれると思ったそのとき、必ず誰かが私の邪魔をする」

その場にしゃがみこんだ朱柿が、翠に手を伸ばす。

「やめて！」

「いいえ、やめないわ」

翠の頬《ほお》に貼られた札を、朱柿の手が引き剥がした。

眠っていた翠が激しく咳きこむ。小さな手がなにかを求めるように空中を掻《か》くのが見えた。

「翠！」

雪花の叫びに、翠の身体がびくりと震えた。まるで寝返りを打つように緩慢な動きで、翠の身体がこちらを向く。

ゆっくりと瞼《まぶた》が開かれ、あどけない瞳が雪花をとらえた。

「せっか」

声は聞こえなかった。ただ、小さな唇がそう動いたのが見えた。

「さあ、お前の命ですべてを贖《あがな》いなさい、坊や」

まるで愛しい我が子に語りかけるような朱柿の声に反応し、ふっくらとした頬《ほお》に焼き付いた赤い文字がじわりと光る。

朱柿が胸元から小刀を取り出した。赤く光る不気味な刀身が、真っ直ぐに振りおろされる。

「いけない！」

駆け出した蓮が舞台へ駆け上がる。翠に覆い被さっていた朱柿の身体を突き飛ばし、翠の身体を抱きしめた。

「ぐっ……」

翠の身体に描かれた赤い文字の光が一瞬だけ弱まる。

だが、それと同時に蓮の腕に巻かれた包帯が煙を上げ、燃えていく。燃え尽きた包帯が地面に落ち、蓮の腕に刻まれた文字がそこからどんどん広がっていく。

「蓮！　翠！」

いても立ってもいられず舞台に上がった雪花は、翠を抱きしめる蓮に触れようとするが、朱柿に腕を掴まれ阻《はば》まれてしまう。

「だめよ、公主さま。この呪いはもう止められないわ」

「蓮も翠にもなんの罪もないのに、どうしてこんなひどいことを……」

「じゃあ、私にはなにか罪があったというの？」

「え……」

「私がなにをしたのよ。ただ幸せになりたかっただけなのに、夫は私を置いて死んでしまった。その男の父親は私をここから追い出した。それから私がどう扱われたか、あなたはもう知っているのでしょう？」

「蓮のお父さまはよかれと思ってあなたをここから出したのです。決して不幸を願ったわけではない」

　精霊を好まない朱柿を、生家に返してあげたかったという善意からの行動だった。蓮の父自身も、道士としての力が弱く精霊と意志を交わせないことにずっと苦しんでいたから、ただの娘であった朱柿を不憫《ふびん》に思ってのことだったに違いない。

「だとしても私は不幸になったわ。その事実は変わらない」

「っ……」

「この焔家はすべて潰《つい》えるの。その男も、それも、憎らしい化け物たちも」

届かない。すぐにわかった。

朱柿には、雪花の言葉などなにひとつ届かない。

「そうだ。公主さまは後宮に戻ればいいじゃない。お優しい皇帝陛下がすぐにでも新しい夫を用意してくださるわ」

「ふざけないで……！」

自分がこんな声を出せるなんて雪花は知らなかった。

全身が憤《いきどお》りでわななく。

「私は二度とあんなところに戻らない。私の居場所はここだけよ。蓮と、翠と、精霊たちと生きていくの」

なにも知らないくせに。雪花があの後宮でどんな惨《みじ》めな思いをして生きていたか。なにもかもを奪われ、死んでいないというだけの日々に心をすり減らし続けていた。そんな雪花を救ってくれたのはほかでもない蓮だ。その蓮から離れることなんて、できるはずがない。

「もし、蓮たちが逝くなら私も一緒に逝く。死んでも離れない」

朱柿の腕を振り払い、雪花は蓮と翠を抱きしめた。

じりっと肌が焼けるように痛む。蓮と翠に触れた場所が熱を持っていくのがわかった。

「だめだ、雪花、逃げ……」

　翠を抱きしめたままの蓮が苦しげに唸《うな》る。振り払う力も残っていないのだろう。雪花は子どものように首を振る。

「いやです。私は絶対にあなたを手放さない」

　もとより蓮が救ってくれた命だ。蓮がいない世界でひとり生き残って、なんになるというのか。

「どうして……どうしてなのよ……嗚呼《ああ》、嗚呼《ああ》……腹が立つ‼　なんでお前たちばかり。なんで、なんで……」

　痛みをこらえながら顔を上げると、朱柿が床を踏み鳴らし、頭を掻《か》き乱しながら声を荒らげていた。その瞳からは滂沱《ぼうだ》のごとく涙が溢れている。

「くやしい。くやしい。私だって、私だって幸せになりたかった」

　崩れ落ちるように座りこんだ朱柿が、顔を覆って子どものように泣きじゃくる。

「ここの精霊たちは恐ろしかったけど、私はあの人のそばにいたかった。ただ、それだけだった……」

　愛しいものを想う切なさに濡れた悲鳴が、胸に刺さる。

　その瞬間、雪花の中にあった朱柿への怒りがほどけていくのがわかった。

（ああ……彼女は私だ）

周りの都合に振り回され、奪われ。なにも残らなかった朱柿の姿に、後宮で息をひそめていた自分が重なる。

もしなにかひとつでも運命が異なれば、雪花も朱柿と同じようになっていたかもしれない。

「どうして誰も私を選んでくれないのよぉ」

哀しみに押し潰《つぶ》された、たったひとりの女性が、そこにいた。

「朱柿。あなたの哀しみはあなたのものだから、わかるなんて私には言えない。でも、あなたが幸せになりたかったと願う気持ちはわかるわ。私もそうだった」

母を目の前で殺され、虐げられ続けた孤独な日々。自分が一体なんの罪を犯したというのだろうと、人生を呪った。

「愛されたかった。大切にされたかった。誰かに寄り添ってほしかった」

ただ平穏に生きたいだけだとずっと願っていたあの日々は、もう思い出したくもない。

「その願いは、誰かを傷つけて得られるものじゃないことは、もうわかっているはずです。どうかこれ以上、自分を貶《おとし》めないで」

ぐしゃりと朱柿の顔が歪《ゆが》む。

「本当に腹が立つ」

悔しくて悲しくて、痛みをこらえるその顔は、これまでで一番人間らしく見えた。

「でもね、もう無理なのよ公主さま。焔家の妻ならば知っているでしょう。呪いはかけられたものが被るか、かけたものが被るかのどちらかだわ」

かつて雪花がかけられた呪いは、蓮が伶家の道士に跳ね返した。瑠親王が、その道士は使い物にならなくなったと言っていたことを思い出す。

「今この呪いを解けば、死ぬのは私だわ。それに、この呪いは焔家全部を包んでるの。きっと、私ひとりの命では贖《あがな》えない。私の血縁……そうね、汜家の兄上やその子どもまでくらいは死ぬかも。それでもいいの？」

突きつけられた選択に、雪花は息を呑む。

――そう遠くない未来、おぬしは大きな選択をする日が来る。

水鏡が告げた言葉が耳の奥でこだまする。

――どちらを選んでもそなたはなにかを失うだろう。

（ああ、なんて残酷な）

あまりに大きすぎる選択に胸が潰《つぶ》れそうになる。どちらを選んでも大切なものを失う。朱柿と汜家を選べば、家族を。家族を選べば、良心を失うことになる。

どちらを選んでも、きっと雪花は永遠に苦しむ。

「いいわ。私に死ねと言いなさい。あなたの選択に従ってあげる」

悪意から来る言葉ではないのがわかる。裁かれるのを待つ囚人のような、静かな声だった。

抱きしめている蓮の身体がなにか言いたげに身をよじったのが伝わってくる。言葉を発する気力すら、もうないのだろう。その蓮が抱く翠は、すでにか細い呼吸しかできていない。

迷いは一瞬だった。

「呪いを解いてください」

「ふふ、やっぱりそうよね。わかってたわ。ええもちろんそうしてあげるわ。憐《あわ》れな罪人の死にざまをどうか楽しんでちょうだい。汜家もおしまいね。ひとつは復讐を果たせたのだから、よしとしてあげるわ」

乾いた笑みを浮かべながら、朱柿が小刀の柄を握りしめた。

かつて朱柿の夫が彼女を守るために贈った守刀は、真っ赤に染まっている。

痛ましさに目を細めながら、雪花は首を振った。

「いいえ、私が呪いを受けます」

「は……？」

ぽかん、と朱柿が目を丸くする。

「な、なにを……あ、あなたひとりでこれを全部受け止めるというの⁉　無理よ‼」

「私は少し特別な体質なんです」

焔家へ走る馬上で、蓮は雪花にひとつだけ教えてくれたのだ。

『もし朱柿の呪いを受けても、今のあなたならば無事かもしれない。そもそも皇族は尊い血統。俺に流れる龍の血と同様に、なんらかの神力が宿っている。そして、あなたは偶然とはいえ、二度も呪いを受け生き延びた身です。俺よりも呪いへの耐性が強まっているとみて間違いないでしょう』

だから、いざとなれば翠を抱いて逃げてくれと蓮は言った。呪いは自分がなんとかするから、と。

蓮は雪花と同じ選択をするつもりだったに違いない。

「私の身体は呪いにとても強い。あなたと氾家の人々が受けるべき呪いくらいならば、受け止められるはずです」

「受け止められるはず、って、そんな……」

「ええ、たぶん」

「……あなた、死ぬ気なの？」

信じられないものを見るように目を見開く朱柿に、雪花は首を振る。

「いいえ。死ぬつもりはありません。でも、もしここで誰かを失えば、私の心は死んだも同然。だったら、やってみる価値はあると思うのです」

なにを選んでもなにかを失うのならば、雪花は自分を賭けようと思った。

助かる確証はどこにもない。もし失敗すれば、雪花は二度と愛しい人たちに会えなくなる。

「……馬鹿ね。私はたくさんの人を殺した罪人よ。たとえ呪いで死ななくても、どうせ死罪なのよ」

朱柿が泣きそうに顔を歪《ゆが》め、声を震わせた。

「それでも、私はあなたにも死んでほしくない」

蓮たちを抱きしめていた腕をほどき、朱柿に近づく。

蓮がなにかを呻《うめ》いた気がするが、振り返らなかった。顔を見たら決心が揺らいでしまいそうだったから。

「私を信じてください」

指先まで真っ黒に染まった朱柿の手を、雪花は優しく包んだ。

そしてその手が握る小刀を取り上げる。

「まっ……！」

焦りを帯びた声を上げる朱柿をかわすようにして、雪花はその切っ先を己の手の甲へ突き立てた。

鋭い痛みとともに、黒いものが雪花の身体に流れこんでくる。

もし失敗すれば、蓮はひどく怒るだろう。

翠も心を閉ざしてしまうかもしれない。

小鈴や琥珀たちのことを考えると、申し訳なくてたまらなくなる。

でも、彼らに生きていてほしいと願ってしまった。

誰にも死んでほしくないと思ってしまった。

（蓮、翠、みんな……私を守って）

心臓が潰《つぶ》れそうに痛む。

まるで帳《とばり》が下りるように世界が暗闇に閉ざされた。

＊＊＊

翠という名前は、祖母がつけた。この土地はもともと翡翠《ひすい》の鉱脈があり、禄家はその発掘に携わったことで財をなし、この地域一帯の土地を買い占めたのが成功のはじまりだった。

だからようやく生まれた跡取り息子に『翡翠《ひすい》』の翠と名前をつけたのだという。

翠の父親である禄家当主は無類の女好きで、常に数名の妾《めかけ》を囲っていた。飽きた女は使用人や小作人に下げ渡していたという。仕事ぶりは悪くなく、男としては不足なかったというが、なぜかできるのは娘ばかり。

翠にとって腹違いの姉である彼女たちは、それぞれの母親に育てられていた。

翠を産んだ女は、使用人ではなく旅役者だった。禄家に招かれ舞を披露《ひろう》したことで気に入られ、囲われた。それが合意のうえだったのかはわからない。だが、男子を産んだことで優遇され、ずいぶんと贅沢な暮らしを楽しんでいたらしい。

両親は滅多に翠に構うことはなく、世話のほとんどは乳母たちに任せきりだった。

なぜ「乳母たち」なのかといえば、翠の乳母は少なくとも三人はいるからだ。

ようやく生まれた跡取りを死なせてはならないと、乳母たちは常に監視されていた。赤子の翠が少しでも泣けば怠慢だと叱りつけられた。そんな仕事のやりにくさに、最初のふたりは一年も持たなかった。最後の乳母は冷めた性質だったので、翠を泣かせない死なせないことだけに徹底していたから続けられたのだろう。代わりに、必要以上に翠に関わろうとは決してしなかった。

翠は愛されて生まれたわけではない。禄家の跡取りという、必要な存在だから生かされているだけ。

別に翠でなくてもよかったのだ。

男子に生まれた、その幸運だけで翠はそこにいられた。

この話は翠の記憶ではない。翠を連れまわしていた朱柿という女から教わった話だ。

どこまでが真実でどこまでが嘘なのか、翠にはわからなかった。

「お前のせいで私は不幸になった」

美しいが幽鬼のように恐ろしい朱柿は、いつも翠にそう語りかけていた。

朱柿は翠の父親の妻だったのだそうだ。前の夫と死に別れ、その夫の子を翠の父親のせいで亡くした。そのうえ、翠が生まれたから居場所をなくしたのだと。

（どうしてこのひとは翠を連れて歩くのだろう）

憎んでいることを隠しもせず、ときに暴力を振るわれることもあった。

朱柿と出歩くとき、翠はいつも箱の中にいた。人に姿を見せてはいけないと言われたので、荷車に乗せられた箱の中で常に息をひそめていた。

いつから箱の中にいたのかはわからない。箱の外の記憶はおぼろげだ。

ずいぶん前に誰かが翠を箱の中に押しこめ、喋らず動かずじっとしていろと言ってくれたことだけは覚えている。

箱から逃げようとしたことが一度だけあった。

蓋《ふた》を押し開け、ようやく確かめた世界は深紅に染まっていた。恐ろしくて怖くて、箱から出たことを後悔した。

もしあのまま箱に隠れていたら、翠はこの女に捕まることなどなかったのだろうか。

そんなことを考えても答えはわからない。

箱の中に閉じこめられたまま、あちこち連れまわされた。ろくに食べさせてももらえず、稀《まれ》に箱の外に出ても、少しでも女に逆らえば背中を打たれた。

いつしか泣くことも、悲しいと思うこともなくなった。痛みよりもひもじさのほうが辛かったが、それもいつの間にか感じなくなった。

でも、たった一度だけ痛みに叫んだことを覚えている。

なにか大きな刃で背中を切られたときだ。打たれるのとはまるで違う、ひどい痛みだった。泣き叫んで暴れる翠を、朱柿は箱の中に置き去りにした。母たちのようにそのまま死んでしまうのかと思ったが、なぜか翠は生きていた。

あのまま消えてしまえばよかったのに。こんな日々が続くなら、終わりたかった。そう思ったのに。

「大丈夫よ。こちらにおいで」

その人は、翠を抱きしめてくれた。

身体を洗い、髪を梳《す》き、清潔な服を着せ、おいしい食事を与えてくれた。

いつも笑顔で、やわらかくて、いい匂いがする、綺麗な人。

（雪花、お母さんみたい）

朱柿に連れまわされていたとき、街中で母らしき女性に抱かれている同じくらいの子どもを見たことがあった。

その子どもは幸せそうな顔をしていた。母親を大好きだと言っていた。

もし雪花が翠の母親ならば、どれほどよかっただろうか。抱きしめて好きだと言ってくれる彼女が本当の家族だったら、どんなによかったか。

「来年は、一緒にお花見をしましょうね」

手を握って微笑んでくれた雪花に、大好きだともっと伝えたかった。

雪花だけではない。蓮のことも、小鈴のことも、精霊たちのことも大好きだ。

ずっと望んでいた夢のようなこの日々を失いたくない。ここでずっと生きていたい。

彼らのそばで笑っていたい。

翠の願いはそれだけだ。ほかにはなにも望まない。

だからどうか、奪わないでほしい。翠の大切な場所をどうか、どうか。

＊＊＊

ぽたぽたと頬《ほお》に熱いものが落ちる感触に、意識が浮き上がる。

両の手を、それぞれ大きな手と小さな手が握ってくれていた。

「せっか、せっかぁ」

呼びかけてくる声が誰のものなのか、すぐにわかった。

舌っ足らずに雪花を呼ぶ愛らしい声に、涙が滲《にじ》む。瞼《まぶた》が重たくてたまらない。それでも起きなければと無理に開くと、世界の眩しさに視界が揺れる。

「あ……」

吸いこんだ空気が胸を満たした。全身が軋《きし》むように痛い。

「雪花！」

「……れ、ん？」

見上げた先にあったのは、涙を流す蓮の顔だ。赤い文字はどこにもない。爛《ただ》れたはずの皮膚も元通りに戻っている。何度見ても見惚れてしまう凛々《りり》しくも美しい顔を歪《ゆが》め、彼は雪花だけを見つめている。

「ああ……雪花」

蓮の腕が雪花を抱きしめる。痛いほどの抱擁《ほうよう》だったが、押しのける気にはならなかった。

「あなたが、死んでしまうかと……」

抱きしめる腕が震えているのが伝わってくる。どれほど心配させたのだろうか。

「私、生きているのです、か？」

「ええ、生きています。生きていてくれなければ、俺が死ぬ……」

らしくもない道理の通らぬ言葉に、思わず笑いが零《こぼ》れた。それだけで悲鳴が出そうなほどに身体が痛むが、それは生きている証なのだろう。

「雪花」

ぐずるような声に首を動かすと、蓮以上に顔を涙で濡らした翠がしゃくり上げていた。

その顔にも腕にも、呪いの痕跡はどこにもない。

自分が生きていたこと以上の安堵《あんど》がこみ上げる。

「翠、おいで」

「雪花……！」

小さな身体が腕の中に飛びこんできた。ぎゅうぎゅうとしがみついてくる腕は、やはり震えている。

「ごめんなさい、ごめんなさい。翠のせいだ。翠が、ぜんぶわるい」

「いいえ。翠はなにも悪くないわ。あなたに、なんの罪があるの」

「雪花ぁ」

瞳から溢れる涙は、ぬぐってもぬぐっても止まらない。

「あなたが無事でよかった。本当によかった」

小さな頭と背中を労《いたわ》るように何度も撫《な》でる。

これまで、どんなに怖く恐ろしい思いをしてきたことだろうか。もう二度とこの子に、悲しい思いや恐ろしい思いなどさせたくない。

「ねぇ翠、もしよかったら……」

「俺たちとこのまま一緒に暮らさないか」

雪花が言葉にするよりも先に、蓮がそう口にした。翠の瞳が大きく見開かれる。

「思い通りにいかないこともあるかもしれない。だが、どんなことがあっても、守ると、大切にすると誓おう。それでもいいのなら……翠が望んでくれるのなら、どうか俺たちのそばにいてくれ」

噛みしめるようにゆっくりと告げる蓮の姿に、目の奥が痛いほどに熱を持つ。

紡がれる言葉の真摯さに、蓮がどれほどの覚悟を持っているのかが伝わってくる。

「翠。私からもお願いするわ。どうか、ここにずっといて」

あなたを愛させてほしい。

そんな願いをこめて呼びかけると、翠の瞳からぽろりと大粒の涙が零《こぼ》れ落ちた。

「ここにいたい。翠、ずっとここにいる。雪花と、蓮と、ずっといっしょがいい。もう、どこにもやらないで」

「もちろんよ」

泣きながら三人でしかと抱きしめ合う。

「ずっと、一緒だ」

「はい」

しばらく抱き合っている間に、ようやく落ち着いてきた視界で周りを見渡すと、すでに空は白んでいた。

道理で眩しいはずだと考えながら、雪花は大きく深く息を吸う。

本当に死んでいないらしい。見える限り、指先は黒くなっていないし、全身が痛い以外にはなんの異変もない。

「う……」

少し離れた場所で、誰かが呻《うめ》く声が聞こえた。

視線だけを動かすと、崩れかけた舞台の上に目を閉じた朱柿が横たわっていた。

身体は傷だらけだが、生きているのがわかる。

「みんな、死んで、ない……？」

「……ええ。誰も。汜家の息子も、無事でしょう」

雪花の言葉に答えたのは蓮だった。

「これが、あなたを守ってくれた」

抱きしめる腕をゆるめた蓮が差し出したのは、粉々に砕けた玉飾りだった。それに繋がっていた鏡もひび割れていて、役割を果たさなくなってしまっている。

「あなたが自らの身体に受けた呪いを、この玉飾りが代わりに受け止めたのです。そして呪いの根源であった、守刀にこめられた術を、元に戻した」

足元には美しい鈍色の小刀が転がっていた。力も感じないその姿こそが、本来のものなのだろう。

ふたつとも、焔家に嫁いでくる女たちを守るために作られた存在だった。だからこそ、お互いに作用しあって呪いを打ち消したのではないかと蓮は語って聞かせてくれた。

雪花の体質と、玉飾り。そのふたつが起こした奇跡が、皆の命を救ったのだ。

「よかった……」

「よかったじゃない！」

声を荒げた蓮の目には涙が滲《にじ》んでいた。

「なんて無茶をしたんだ。もし失敗していたら、どうなっていたか」

「ごめんなさい」

「あなたが俺のいない世界に耐えられないと言ったように、俺とてあなたのいない世界など耐えられない」

「……ごめんなさい」

「呪いを受け止めるとあなたが言ったとき、俺がどんな気持ちだったと思う。いっそ殺してくれと叫びたかった。雪花のいない世界など、俺にはなんの価値もないのに」

「ごめんなさい」

「あなたを失うかもしれないと知った翠がどんな声で泣いたのか、あなたに聞かせてやりたいくらいだ。ようやく大切にされる喜びを知ったあの子を、またひとりにしたかもしれなかった」

もう、謝ることもできない。

溢れて止まらない涙のせいで、蓮の顔がまともに見えなくなる。

すがりついたまま泣き止まない翠と蓮を、雪花はきつく抱きしめる。

「二度と、あんな選択をしないでくれ。もう、こんな不甲斐ない姿は見せないと誓うから」

言葉にできない代わりに何度もうなずく。

二度と離れないと約束するように蓮にすがりつきながら、雪花は泣き声を上げた。

「雪花～～！」

軽やかな鈴の音が響き渡り、なにかが背中にぶつかってくる。

ひんやりとしたその感触と優しい鈴の音に口元がゆるみ、また新たな涙が溢れてくる。

「小鈴……」

「よかった。もう会えないかと思った。ありがとう雪花。迎えに来てくれて、ありがとう。皆も無事だよ。間にあったよ」

「無事でよかった……本当に、よかった」

大切な人々に抱きしめられながら、雪花は夜明けの空を見上げた。

なにも失わずに済んだのだという喜びに、胸が詰まる。

（間違えなかったのね）

水鏡の予言は、必ず訪れる未来だ。

あの日、告げられたのは『選べば、なにかを必ず失う』というもの。

（私はどちらも選ばなかった）

用意されていたふたつを拒み、自分で見つけた道を進んだ。

だから雪花は失わずに済んだのだろう。

「雪花」

恋しさを隠さぬ声で名前を呼ばれて顔を上げると、息がかかるほど近くに蓮の顔があった。

見つめ合うだけで、魂が震えるほどに愛しいひと。

「蓮」

同じくらいの愛しさをこめて名前を呼び返しながら目を閉じる。

唇に触れる柔らかな感触に応えながら、雪花はその身体にすがりついたのだった。

終章

「母上、はやくはやく」

「そんなに慌てると転んでしまうわよ」

子犬のように庭を駆けていく背中を見つめ、雪花は困った子だと小さく笑った。

梅の木には、零《こぼ》れ落ちんばかりに膨れた赤い花が咲き乱れていた。

柔らかくも甘い香りが鼻腔をくすぐり、少し歩いているだけでも心が落ち着く。

射しこむ日差しはまだ冬の気配を残しているが、日を重ねるごとに暖かくなっていくのだろう。本格的な春の訪れまであと少し。そんな予感に心が弾む。

「翠、こっちだよ」

龍厘堂の前に広げられた敷布に座った小鈴が、こちらに手を振っている。

その横にはくつろいだ姿の琥珀や、ほかの精霊たちの姿もあった。その手元にはすでに酒が注がれた盃があり、彼らがすでに酒を楽しんでいるのがわかる。

精霊は食事を必要としないが、酒だけは別らしい。季節の宴を開くたびに、家中の精霊が集まって樽ひとつ空にしてしまうのだから、よほど好きなのだろう。

「おまたせ。ってもう、呑んでいるのね」

「いいじゃないか。せっかくの花見なのだから」

おどけるように肩をすくめる琥珀に、雪花はもう、と眉根を寄せる。

子どもの姿で酒を嗜むのは翠の教育上あまりよくないと思うのだが、琥珀の本体は二百年前に作られた月琴なのだから、咎《とが》めるのもおかしな話になってしまう。

「母上」

敷布の上にちょこんと座った翠が、なにかを期待するように目を輝かせている。

感情を隠さないその笑顔に頬《ほお》をゆるませながら、雪花は手に提げていた籠から皿を取り出した。

昨日のうちに、包丁たちと一緒に作っておいた梅餅だ。

よくついた餅に花紅を混ぜて朱色に染め、梅の形を模《も》したもの。この餅を食べるのを翠はずっと楽しみにしていたらしい。

「わぁ、これがそうなんだね」

両手を伸ばし皿を受け取った翠は、ふくふくとした頬《ほお》をほんのり染めながら嬉しそうに目を細める。

その愛しい姿に、胸の奥がじわりと温かくなった。

かつては骨が浮くほどに痩《や》せていた身体はすっかり肉付きがよくなり、ずいぶんと背も伸びた。背中の傷は完全には消えておらず、まだうっすらと痣《あざ》が残っているが、成長につれ薄くなっていくのだろう。

今の翠は髪も肌も爪も、どこをとっても健康そのものだ。

「ねぇ母上、食べてもいい？」

「もう少し待ちましょうか」

「えぇぇ」

不満げに頬《ほお》を膨らませる表情は、以前は決して見ることがなかったものだ。

笑ったり、悲しんだり、怒ったり。翠の表情はくるくると変わる。

時折、なにかに思いを馳《は》せるような表情を見せることもあるし、夜中に泣き叫ぶことだってある。

それも、いずれは過去のことになってくれると雪花は信じている。

健やかに育っていくその心根を、どうかずっと大切にしてほしい。

はつらつとした幼い声が響くたびに、精霊たちが嬉しそうに瞳を輝かせているのを、雪花は知っていた。

「おや、もうはじめているのか」

足音とともに聞こえた声に振り返ると、蓮が夕嵐を伴って近づいてくるのが見えた。

「父上！」

皿を敷布に置いた翠が、一直線に駆け出していく。

その身体を受け止め、軽々と抱きかかえた蓮は優しく微笑みながら翠の頭を撫《な》でた。

「父が来るまで待ちきれなかったのか？」

「だって、早く食べたくて。父上たちが来るのが遅いのです！」

しゅんと眉を下げる翠の表情に、後ろに控えていた夕嵐が声を上げて笑った。

「坊ちゃんは食いしん坊ですからね。桃饅頭も持ってきましたから、機嫌を直してください」

「わあい！」

抱かれたまま、翠がはしゃいだ声を上げた。

朱柿の呪いから解放された翠を、正式に蓮と雪花の子として迎えたのは今年の初めだ。

事情を知った普剣帝からは、子ではなく蓮の弟として迎えてはどうかという提案があった。それはまだ年若い雪花が、突然母になることを案じてのものだった。

『家族として慈《いつく》しんで生きていけばいいのではないか？』

それはかつて雪花の兄として生きる道を選んだからこその言葉なのかもしれない。

親子という形にこだわらずとも、お互いを想う気持ちが大切なのだと伝えたかったのだろう。

だが、雪花は翠を子と呼びたかったし、母と呼ばせてあげたかった。

説得に強く協力してくれたのは、夫の蓮だ。夫として雪花を支え、翠の父親として恥じぬふるまいをすると誓う姿に、普剣帝は仕方がないと折れてくれたのだった。

今では最初の態度が嘘のように、初孫だからという理由で翠を雪花たち以上に可愛がってくれている。

翠を膝《ひざ》に乗せ、甘味を与えながら眉を下げる姿は、天下の皇帝とは思えぬものだった。

雪花としては、父には早く正式な妃を迎え、誰にはばかることなく慈《いつく》しめる我が子をなしてほしいと思うのだが、政治的な絡みなどがあり、いまだに宗国の後宮には皇后どころか側妃すらいないありさまだ。

自分たちばかりがこんなにも幸せでいいのかと不安な思いを伝えると、普剣帝は慈愛に満ちた笑みを浮かべ翠の頭を撫《な》でた。

『お前たちが幸せでいてくれることが、朕にとっても救いなのだよ』

少しだけ寂しそうに笑う姿に、雪花はその幸せを願ってやまないでいる。

「奥様。酒は足りていますか」

食器を運びながら、夕嵐が敷布に並んだ盃に目を向ける。

「ええ、十分よ」

「よかった。申し訳ありません、私には皆さんが見えないので」

すまなそうに言いながらも、夕嵐の表情に怯えや忌避《きひ》の色はない。

氾家の呪いは完全に解けたが、雪花たちと同じようにすべて元通りというわけにはならなかった。

石翠の身体にはいくつかの不具合が残ったし、石涅夫婦は朱柿の起こした罪の贖《あがな》いとして財産をいくらか処分し、国に返上した。

あの屋敷は売りに出し、家族とともに都の外に移り住むことになった。

使用人たちの半分ほどが解雇されることになったと聞いた蓮は、なんと夕嵐を焔家の使用人として招いたのだ。

『あそこまで陰の気に強い性質は貴重です』

朱柿の呪いにも微動だにしなかった夕嵐は、なにかと役に立つと考えてのことだったらしい。実際、夕嵐は使用人としてもとても優秀で、雪花もかなり楽をさせてもらっている。

「まったく、この姿が見えぬとは不憫《ふびん》なやつだのう」

「やめなよ琥珀。夕嵐はいい人だよ。小鈴は好き」

自分たちの姿を一切見られない夕嵐に、精霊たちが好き勝手な言葉を投げる。聞こえていない夕嵐はどこ吹く風で、手早く宴の準備を進めていた。

夕嵐の目には、道具そのものだったり、彼らが使っている道具だけが浮いているように見えているのだという。

最初はさすがに驚いていたが、さすがの順応力ですぐに受け入れてしまった。

今では雪花や翠に精霊たちへの伝言を頼んでは、ともに働くという肝の強さを見せている。

「では、そろそろはじめましょうか」

「ああ」

「お花見だ！」

雪花の声かけに、蓮と翠がともに応えた。

血の繋がりはないのに、その笑顔は驚くほどによく似ている。

（朱柿の二番目の夫という人は、蓮の伯父さまに似ていたのかもしれない）

今となっては確かめる術はないが、朱柿が夫の裏切りに心を病んだ理由のひとつはそれだったのかもしれない。

やり直せると信じて嫁いだ先で、かつての夫とよく似た人に裏切られ続けたのだとしたら。朱柿の苦しみは、いかほどのものだったろうか。

禄家で人を殺め、氾家と焔家を呪った朱柿は、死罪が申しつけられた。

雪花や氾家は減刑を嘆願したが、禄家の生き残りもいる以上、罪を見逃すわけにはいかなかったのだ。

だが、そこに至るまでの境遇は憐憫《れんびん》に値するとして、本来ならば斬首される罪状ではあったが、賜死《しし》という形になった。

最後の日々も牢獄ではなく、かつて彼女が叔母とともに過ごした屋敷での生活が許された。

毒を賜《たまわ》るまでの短い日々を、朱柿はとても穏やかに過ごしたと聞いている。

(どうか、来世ではあなたが幸せを得られますように)

お人好しだと蓮には言われたが、雪花はどうしても朱柿を憎みきれなかった。

幼い翠を呪いの道具にしたことは許せないが、だからといってずっと不幸でいてほしいとも思えなかった。

「母上、食べていいよね」

待ちきれないのだろう。翠が梅餅を手に、ねだるような声を上げた。

「めしあがれ」

「やった」

小さな口を大きく開き、ぱくりとかぶりつく姿はどこまでも可愛らしい。

おいしいとはしゃいだ声を上げながら、小鈴や琥珀にしきりに感動を伝えている。

「まったく。誰に似たのか」

翠を見つめ肩をすくめる蓮に、雪花はくすくすと笑い声を上げた。

肩を触れあわせるように寄り添うと、優しいぬくもりが伝わってくる。

大きな手が、雪花の背を撫《な》で支えてくれた。

「私、とても幸せです」

「俺もだ。雪花を得たときは、これ以上の幸せなど俺にはもうないと思っていた」

わずかに震える声に顔を上げると、優しい瞳が雪花を見つめていた。

「あなたを守り、慈《いつく》しむことが俺の人生のすべてになったと思っていたのに、今の俺にはたくさんの守るものができてしまった」

この焔家に集まった存在すべてが大切だと、噛みしめるように口にする蓮に、かつての悲しい影はない。

「雪花、愛しています。あなたが俺の世界を変えてくれた。だからどうか、この命が尽きるそのときまで、そばにいてくれ」

蕩《とろ》けるような愛の言葉に涙が出そうになる。

頬《ほお》に添えられた手のひらに誘われるままに顔を上げ、目を閉じる。

重なる唇は甘く、心まで溶けそうなほどに熱い。

何度も繰り返される口づけの合間に、薄く目を開け周りを見ると、顔を逸らした夕嵐が翠の目元を覆っているのが見えた。

恥ずかしくなって軽く蓮の胸を押すと、名残惜しそうに唇が離れていく。

「もう」

恨めしげな視線を向けても、蓮は薄く微笑んだままだ。

「……愛しているわ、蓮。どうかずっと私を離さないでください」

はらはらと舞い散る赤い花びらの下で、ふたりは何度目になるかわからない永遠を誓ったのだった。

番外編　新しい蕾《つぼみ》

「翠、筆は立てて使うんだ」

「はい」

小さな手で握りしめた筆の先端は震えており、弱々しい線しか引けていないが、書に向き合おうとするその横顔は真剣だ。

（大きくなったものだ）

翠を養子に迎えて、早いもので三ヶ月が過ぎた。

痩《や》せこけていた頬《ほお》は子どもらしく膨らみ、幼子にしか見えなかった上背はずいぶんと伸びてきたように思う。生気を失っていた瞳には光が宿り、言葉もずいぶん達者になった。

食欲も旺盛で、つい先日の花見では大人の手のひらほどもある梅餅を五つも平らげて、雪花を驚かせたくらいだ。

最初にこの焔家に来たときは、今にも死んでしまいそうなほどに痩《や》せた子だったのに。

その姿を憐《あわ》れとは感じたが、雪花のように優しく寄り添ってやりたいとは思えなかった。そんなことをする資格はない、と。

(あの子がこんなに大きくなるなんて)

子どもの成長は早いと聞いていたが、想像を遥かに超えるほどに育っていく姿は、見ているだけで心が温かくなる。

精霊たちがなにかと翠に構う理由が、少しだけわかった。

「父上、これでいいですか」

「ああ」

筋がいい、と褒めてやると翠は嬉しそうに頬《ほお》をゆるませる。

その笑顔を素直に愛らしいと感じた。

二度と悲しみや苦しみを感じることがないようにしてやりたいし、この先もずっと慈《いつく》しんでいてやりたい。

他人に興味を抱けず生きていた蓮がそう思えるようになったのは、間違いなく愛しい妻の影響だろう。

虐げられ、ひとり寂しい日々を過ごしながらも、その心根を曲げず清廉《せいれん》だった雪花は、蓮の妻となってからもその本質を変えることなくなにもかもが清らかなままだ。

だが、その清らかさが時にとても歯がゆい。

自分の価値を自覚せず、周囲の者たちの心に寄り添い、どんな相手でも守ろうとしてしまう。その強さと気高さは誇らしいが、蓮にしてみれば、他人よりも雪花自身を大切にしてほしいと思うのだ。

（もし、あのとき雪花を失っていたら）

朱柿の呪いを代わりに受け入れると決めた雪花の声を聞いたとき、蓮は自分が死ぬことよりも恐ろしいことがあるのだとはじめて知った。

やめてくれと叫びたくてたまらなかった。行かないでくれと雪花の身体を抱きしめて、朱柿のもとに行かせないようにしなければと思った。

だが呪いに蝕《むしば》まれその場から動けず、ただ雪花の決断を、指をくわえて見ていることしかできなかったあの時間は、間違いなく蓮にとっての地獄だった。

（もう二度と、あんな思いはしたくない）

雪花のいない世界。想像しようとするだけで、その場に立っていられなくなるほどの恐怖心がこみ上げてくる。

もし雪花が呪いを受け止めることができる体質でなかったら。焔家の妻に伝わる玉飾りを持っていなかったら。

無事だったのは奇跡だ。

水鏡の予言を雪花が心に留めていたことも大きい。水鏡は歪《ゆが》んではいるが、その本質はそこまで穢れていない。だからこそ、時には人を救う予言を口にするのだ。

（二度と、あんな失態はしない）

すべては蓮の甘さと弱さが招いた結果だ。

伯父の妻であった朱柿を警戒しつつも、悪意を確信しきれず翠をそのまま受け入れてしまった。

雪花には言えなかったが、蓮は朱柿がこの家を出ていくときのことをはっきり覚えていた。何度も何度も振り返りながら焔家の大門から出ていく朱柿は、引き留めてもらいたがっているように見えたのだ。

だが、そのころにはすでに蓮と蓮の父の関係は歪《ゆが》んでおり、父に進言する勇気がなかった。

もし、あのとき朱柿を引き留めていたら。

もし、翠を預かることを決めたときに、子どもに関わるのを恐れずしっかり向き合いその身体を調べていれば。

そうすれば、誰も苦しい思いをせずに済んだのかもしれない。

苦い後悔が胸を締めつける。

「父上？」

考えこんでしまった蓮に気がついたのか、翠が不思議そうに見上げてきた。光の加減でほんのりと青く光る瞳は、宝石のように煌《きら》めいて見える。

（雪花が翠を救わなければどうなっていたか）

朱柿が作り上げた呪いは、負の感情を糧《かて》に育つものだ。

汜家で石翠があっという間に呑まれたのは、彼が周囲への身勝手な憎しみをその身体に滾《たぎ》らせていたからだろう。

もし翠が預けられたときのまま心を弱らせていたら、呪いはもっと早くに発動していたに違いない。下手をすれば、汜家より先に蓮や精霊すべてが死に絶えていた。

だが、焔家には雪花がいた。

雪花は翠を労《いたわ》り、慈《いつく》しみ、情を与えた。だから翠の中に植え付けられた呪いの種はなかなか芽吹かなかった。焔家に伝わる鏡で強制的に表に出したことで、あの程度で済んだのだ。

「……母上にも見せにいってやろう。きっと喜ぶ」

「うん！」

嬉々としてうなずいた翠は、筆を置いて駆け出していく。

たくさん褒めてほしいと書いてある背中を追いかけながら、蓮は口元をゆるませた。

これから翠はどんどん大きくなるのだろう。

雪花の惜しみない愛情と、蓮が与えられる限りの教育をもって、健やかな人生を与えてやりたいと思う。

『あの子が実の両親も愛されていなかったことは、雪花には伝えないでやってくれ』

友でもあり義父でもある普剣帝の言葉を思い出し、蓮は眉間に皺《しわ》を寄せる。

あとからわかったことだが、翠は生まれ育った禄家の家族との縁がずいぶんと薄い子どもだった。

ほとんど放置されて育ったらしく、朱柿が連れ出す前から小さく痩《や》せた子どもだったと生き残った使用人から聞かされた。

表情が乏しかったのも、年のわりに身体が小さかったのも、手間や愛情を得られなかった子どもの特徴そのものだ。

雪花がそれを知れば、きっと傷つく。翠もここに来るまでの記憶はずいぶんと曖昧《あいまい》だ。蓮が告げなければ、知ることもないだろう。

(皮肉だな)

もしも朱柿が騒動を起こさず、禄家でそのまま育っていたら、翠はどうなっていたのだろうか。埋められぬ愛情を求めて父親のように女に走ったかもしれないし、汜家の息子のように身勝手な人間に育ったかもしれない。

「母上!」

翠がひときわ大きな声を上げた。

顔を上げると、咲き乱れた梅の下で小鈴と話していた雪花と目が合う。

蓮の存在に気がつき、わずかに目を見張ったあと、彼女はどんな花よりも美しい微笑みを浮かべる。

「雪花」

「蓮、翠」

優しい声に名前を呼ばれるだけで、足が浮き上がるような喜びに包まれる。

翠も同じ気持ちなのだろう。早足で雪花に駆け寄り、その身体にひしと抱きつく。

「見てください、母上。これ、僕が書いたんです」

「まあ。すごいわ、翠」

心からそう思っているのだろう。まだ文字とも呼べない細い線の集まりに、雪花は賞賛の声を上げる。翠は頬《ほお》をほころばせ、少しだけ恥ずかしそうに目を伏せた。

雪花はそんな翠の頭を優しく撫《な》で、何度も何度も褒め言葉を口にしている。

まるで本当の母子のように寄り添うふたりの姿に、ああ、幸せとはこんな形をしていたのかと思い知らされる。

雪花を得たとき、これ以上の幸福が自分のもとに訪れるとは想像もしなかった。

この先の人生は、雪花を守り慈《いつく》しみ大切にすることだけが使命だと思っていたのに。

翠という新たな家族を得たことで、蓮の世界はまた新しい幸せに彩られてしまった。

「琥珀たちにも見せてくる。小鈴、行こう！」

「あ、待ってよ翠！」

まるで姉弟のように仲のよくなった翠と小鈴は、気がつけばいつも一緒だ。琥珀などはうるさいのが増えたと言いつつも、ふたりをずいぶんと可愛がっているのが見てすぐにわかる。

「ふふ」

駆けていく翠と小鈴を見送りながら、雪花が鈴を転がすように笑った。

その横顔は、はじめて出会ったときよりもずっと大人びたと感じる。

大輪の牡丹のように花開いた雪花の美しさに、蓮は何度も恋をしているように思う。許されるならば、誰にも見せず触れさせず、ずっと腕の中に抱いていたいと思うほどに、愛している。

「……小鈴となにを話していたんですか」

心の中のあさましい欲を隠しながら問いかけると、雪花が小さな肩をびくりと揺らした。

「ええと……」

困ったような返事になにか隠しごとがあると察し、距離を詰める。

妻のすべてが知りたいと願うのは強欲かもしれないが、これぱかりは譲れない。

「教えてくれ」

少し低い声で耳元に囁きかけると、雪花がくすぐったそうに首をすくめた。

「もう！　あとで話そうと思ったのに」

唇をつんと尖らせた雪花が蓮の肩を軽く押してくる。

そんな仕草まで可愛いなんてどうしてくれようと考えていると、雪花が耳元に唇を寄せてきた。

「小鈴から言われたんです。私の『気』が少し変わった、って」

「雪花の『気』が？」

精霊は人の魂や生気を見ることができる。

小鈴がそう言うのならば、なにかが雪花に起こっているのだろう。

もしや病気だろうかと不安になると、雪花がほんのりと頬《ほお》を染め、再び可愛らしい声で囀《さえず》った。

「……！」

告げられた事実に、目の奥が痛いほどに熱を持つ。

叫んで走り回りたいほどの衝動と、泣き喚《わめ》きたいほどの歓喜。

伝えたい言葉が山のようにあるのに、せり上がってくる熱いもので喉が詰まる。

「みんなで、幸せになりましょうね」

蓮にとっての幸福は、ずっと雪花からもたらされ続けるのだろう。

なによりも大切な妻の身体を引き寄せながら、蓮は噛みしめるように感謝を口にしたのだった。

愛憎渦巻く後宮で武闘派夫婦が手を取り合う!?

自国で虐げられ、敵国である湖《こ》紅《こう》国《こく》に嫁ぐことになった行き遅れ皇女・劉翠玉《りゅうすいぎょく》。彼女は敵国へと向かう馬車の中で、自らの運命を思いポツリと呟いていた。翠玉の夫となるのは、湖紅国皇帝の弟であり、禁軍将軍でもある男・紅《こう》冬隼《とうしゅん》。翠玉は、愛されることは望まずとも、夫婦として冬隼と信頼関係を築いていきたいと願っていた。そして迎えた対面の日……自らの役目を全うしようとした翠玉に、冬隼は冷たい一言を放ち——?
チグハグ夫婦が織りなす後宮物語、ここに開幕!

定価:726円(10%税込み)

Illustration:

瀬戸呼春
隠《かく》り世《よ》あやかし
結婚事情
私の夫は魅惑のたぬたぬ
新婚生活は、ふわもふ天国!!!

生贄の娘は、
鬼に愛され華ひらく

天涯孤独で養護施設で育った里穂《りほ》。ある日、名門・花菱《はなびし》家に養女として引き取られるも、そこで待っていたのは、周囲の皆から虐めを受ける過酷な日々だった。そして十七歳の誕生日、里穂はあやかしの「生贄」となるよう養父から告げられる。だが、絶望する里穂に、迎えに来たあやかしは告げた。里穂は「生贄」ではなく、あやかしの帝の「花嫁」になるのだと——

各定価:726円(10%税込)

イラスト:セカイメ

われた運命を断ち切ったのは
しく哀しい鬼でした

乱の世。領主の娘として生まれた睡蓮は、戦で瀕死の重傷を負った兄
けるため、白蛇の嫁になると誓う。おかげで兄の命は助かったものの、
蓮は異形の姿となってしまった。そんな睡蓮を家族は疎み、迫害する。
ー、睡蓮を変わらず可愛がっている兄は、彼女を心配して狼の妖を護
つけてくれた。狼とひっそりと暮らす睡蓮だが、日照りが続いたある日、
に選ばれてしまう。兄と狼に説得されて逃げ出すが、次々と危険な目
い、その度に悲しい目をした狼鬼が現れ、彼女を助けてくれて……

:726円（10%税込み）　ISBN 978-4-434-31740-8

Illustration：白谷ゆう

この作品に対する皆様のご意見・ご感想をお待ちしております。

おハガキ・お手紙は以下の宛先にお送りください。

【宛先】

〒150-6008 東京都渋谷区恵比寿 4-20-3 恵比寿ｶﾞｰﾃﾞﾝﾌﾟﾚｲｽﾀﾜｰ 8F
（株）アルファポリス　書籍感想係

メールフォームでのご意見・ご感想は右のＱＲコードから、
あるいは以下のワードで検索をかけてください。

アルファポリス　書籍の感想　検索

ご感想はこちらから

アルファポリス文庫

公主《こうしゅ》の嫁入《よめい》り2　～娶《めと》られた雪《ゆき》は愛《いと》し子《ご》を慈《いつく》しむ～

マチバリ

2023年 9月 25日初版発行

編　集ー渡邉和音・森 順子
編集長ー倉持真理
発行者ー梶本雄介
発行所ー株式会社アルファポリス
〒150-6008 東京都渋谷区恵比寿4-20-3 恵比寿ｶﾞｰﾃﾞﾝﾌﾟﾚｲｽﾀﾜｰ8F
TEL 03-6277-1601（営業）　03-6277-1602（編集）
URL https://www.alphapolis.co.jp/
発売元ー株式会社星雲社（共同出版社・流通責任出版社）
〒112-0005 東京都文京区水道1-3-30
TEL 03-3868-3275
装丁イラストーさくらもち
装丁デザインーナルティス
印刷ー中央精版印刷株式会社

価格はカバーに表示されてあります。

落丁乱丁の場合はアルファポリスまでご連絡ください。

送料は小社負担でお取り替えします。


ISBN978-4-434-32629-5 C0193